Soñar como sueñan los árboles

Brenda Lozano

Soñar como sueñan los árboles

ALFAGUARA

Soñar como sueñan los árboles

Primera edición: enero, 2024

D. R. © 2023, Brenda Lozano
c /o Agencia Literaria Carmen Balcells, S. A.
Diagonal 580,08021, Barcelona

D. R. © 2024, derechos de edición mundiales en lengua castellana:
Penguin Random House Grupo Editorial, S. A. de C. V.
Blvd. Miguel de Cervantes Saavedra núm. 301, 1er piso,
colonia Granada, alcaldía Miguel Hidalgo, C. P. 11520,
Ciudad de México

penguinlibros.com

ISBN: 978-607-384-049-1

Impreso en México – *Printed in Mexico*

A Michel Lipkes

«quizá quedase olvidado allí un verano,
cuando el mundo estaba blanco como una fiesta
y antes de que yo comprendiese que un soñador
tiene que soñar como sueñan los árboles
con frutas finalmente»

INGER CHRISTENSEN, *Alfabeto*

«Así como dormía Jacob, como dormía Judith,
Booz, con los ojos cerrados, yacía bajo la enramada;
entonces, habiéndose entreabierto la puerta del cielo
por encima de su cabeza, fue bajando un sueño.

Y ese sueño era tal que Booz vio un roble
que, salido de su vientre, iba hasta el cielo azul;
una raza trepaba como una larga cadena;
un rey cantaba abajo, arriba moría un dios.»

VÍCTOR HUGO, *Booz dormido*

«El mar
sonríe a lo lejos.
Dientes de espuma,
labios de cielo.»

FEDERICO GARCÍA LORCA,
La balada del agua del mar

Primera parte

1. Se cuenta que esto pasó:

Esa noche la despertó la lluvia. Gloria Felipe, con un sueño que parecía romperse con cualquier ruido, logró dormir un par de horas más. Todavía era de madrugada cuando volvió a despertar, seguía lloviendo sobre la gran ciudad dormida, pero la lluvia fue disminuyendo hasta disiparse antes de que clareara el día. Hacía un frío de invierno, un sol de enero y el viento soplaba en dirección a la avenida en la que apenas pasaban coches al otro lado de la ventana. Esa mala sensación, como el mal en general, no tenía ni tiene múltiples lecturas.

La mañana del 22 de enero de 1946, Gloria Felipe llevaba un vestido azul celeste, un sombrero azul marino, un bolso blanco en una mano y en la otra llevaba de la mano a su hija más chica, la única de los cinco hermanos que no iba al colegio aún. Gloria Miranda Felipe había cumplido dos años hacía tres semanas y esa mañana había ido con su madre a dejar a sus hermanos al colegio estrenando el vestido blanco, con un bordado de flores ocres en el pecho, que le había hecho personalmente y regalado su abuela Ana María en su cumpleaños. A su madre le parecía demasiado elegante para un día cualquiera, pero la niña no quería salir de la casa sin ese vestido y Consuelo se lo había puesto. Estaban por entrar de vuelta al edificio, frente a una de las puertas de hierro del patio común, cuando se encontraron con Hortensia, una niña relativamente nueva en la cuadra, a quien le gustaba jugar con los niños.

La familia Miranda Felipe vivía en el segundo piso del edificio La Mascota, un edificio de estilo francés en la colonia Juárez, sobre la calle de Bucareli. Gustavo Miranda solía usar sombrero, tenía el bigote bien recortado, casi siempre vestía traje, como sus compañeros en Teléfonos de México. La señora Gloria Felipe, quien estaba a cargo de los cuidados de la casa, había trabajado con su madre, la señora Ana María Felipe, en el salón de belleza, en el taller de vestidos de noche y de novia, y la apoyaba también con la administración de algunas de sus propiedades. Trabajaba, pues, sin pago. En ese departamento grande vivían con sus cinco hijos y Consuelo, la trabajadora doméstica. Gustavo tenía doce años y un lunar grande con forma de corazón en la mano derecha que se había picado algunas veces con un compás para distorsionar ese corazón que le estorbaba y por el cual se habían burlado en la escuela para varones a la que iba; era leal con sus hermanos y le gustaba molestarlos a todos; sin embargo, sus hermanos eran los confines de su mundo. Para desgracia de Ana María Felipe, su primer nieto era el más parecido al español —al que no vamos a nombrar—, el padre de Gloria Felipe. A veces lo llamaban Tavo para diferenciarlo de Gustavo, su padre. Luis, de once años, era el más flaco de los cinco, le gustaba leer, cosa rara en una casa con pocos libros; era el más introvertido y se sentía feliz bajo los paraguas en los días lluviosos. Jesús, de nueve años, era el más parecido a su padre. Había, de hecho, un par de fotografías que eran como una copia de la otra, pero eran padre e hijo de niños. Tenían expresiones parecidas y, para conseguir aún más la aprobación de su padre, Jesús buscaba imitarlo y soñaba con trabajar en Teléfonos de México. Carlos tenía cinco años, acababa de aprender a leer y le gustaba jugar con las palabras nuevas que decía como tratando de estar a la altura de sus hermanos mayores, pese a que algunas de esas palabras las usaba como con los ojos vendados poniéndole la cola al burro. Gloria, la más chica de todos, era la única persona en el mundo idéntica a Ana María Felipe: tenía los ojos color miel, las pestañas espesas y las cejas gruesas, unas facciones hermosas y unos cuantos lunares espolvoreados en los brazos y la espalda. Gustavo, a veces, la llamaba «Jícama con chile», también tenía apodos para molestar a sus otros hermanos. Gloria apenas sabía algunas palabras, armaba frases sencillas como si apilara tres o cuatro bloques de madera, uno encima de otro, y a menudo esos bloques se caían.

Consuelo había llegado a casa de los Miranda Felipe de Tlalpujahua de Rayón, Michoacán, con pocas pertenencias y veinticuatro años. Se instaló en el cuarto de servicio en menos de media hora y desde entonces comenzó a trabajar como sale el sol y cae la noche. Tenía una hija llamada Alicia que se había quedado en su pueblo, al cuidado de sus padres. Había llegado unas semanas antes de que naciera Luis y desde entonces rezaba por las noches con el mismo rosario que tenía en la mano cuando Gustavo y Gloria llegaron con Luis, en brazos, recién nacido. Sus gestos eran transparentes, no sabía mentir ni le cruzaba por la mente hacerlo. A los treinta y cinco años parecía tener veinticinco o cuarenta y cinco y esa era su única ambigüedad. A Consuelo le gustaba cantar, gozosa, canciones rancheras y solía peinarse todos los días una trenza gruesa y larga aún con el pelo mojado. Era la única que veía su pelo ondulado antes de acostarse, pues no solía soltarse el pelo frente a nadie. Salvo frente al Jesucristo que tenía colgado al lado de su cama, al que rezaba todas las noches, para ella era una presencia y ante él se sentía cómoda con el pelo suelto, como si fuera su marido, alguien que la conocía en los momentos más íntimos.

Ahora que andamos en presentaciones, quizá deba presentarme brevemente, pues no me gustaría que pensaran que soy una voz masculina en tercera persona que todo lo controla, todo lo sabe y todo lo ve. No soy una voz en tercera persona sabihonda, un narrador que controla la historia, una voz de hombre blanco que le dice esto es así y esto es asá, estos personajes dicen blablá o blablablá cuando yo quiero porque aquí mis chicharrones truenan y ahora todos cierran el pico. No es así. Tampoco soy una voz en abstracto, tengo un cuerpo, soy mujer y también soy tercera persona. Este es mi trabajo. A veces me perderán de vista, pero yo acá ando. Si otros hablan, yo me haré a un lado para escuchar. Cuando termine este zafarrancho yo diré FIN y no le voy a echar más crema a los tacos. Tampoco soy una mujer así en genérico, soy mexicana, así que las palabras aquí bailan el jarabe tapatío, no vaya a pensar que hablo como noticiero en Miami. Además me gusta meter mi cuchara en las historias como ya ven y, como Consuelo, no canto nada mal las rancheras. Una vez dicho esto, a trabajar.

Así pues, Gloria Felipe abrió la pesada puerta de hierro del patio del edificio, la detuvo con el cuerpo mientras su hija algo le decía a Hortensia. Esta le pidió permiso a Gloria para jugar con su hija. La niña pequeña le extendió la mano a la niña grande antes de que su madre le diera permiso. Ante la reacción de su hija, Gloria le pidió a Hortensia que jugaran en el patio, en donde podía echarles ojo de cuando en cuando. Solo podían jugar un momento porque en breve tendrían que hacer compras en el mercado y, además le dijo, innecesariamente, dejarle unos papeles a su mamá en la tienda. Gloria Felipe pensaba que le daría tiempo de hacer un par de cosas antes de salir mientras miraba cómo su hija reaccionaba con emoción a los movimientos de la niña que sacó un gis de uno de los dos grandes bolsillos de su vestido y comenzó a pintar la primera casilla para jugar avión. Aunque era evidente que ella también se divertía, la paciencia de Hortensia para jugar con niños más pequeños daba confianza. Gloria estaba segura de que era hija del portero viudo cruzando Bucareli, pero aún no le había preguntado.

Gloria Felipe estuvo dieciséis minutos en su casa. Pasó al baño, revisó lo que tenía en la alacena, en el refrigerador y en las canastas en la cocina mientras tomaba nota para salir de compras. Consuelo lavaba los trastes. Gloria recogió algunas cosas que habían dejado tiradas sus hijos, pero se quedó a medias, sintió que no debía dejar a su hija más tiempo afuera, además de que lo mejor era activarse y quizá pasar a ver antes a su mamá, así que tomó un abrigo como de marinero, pequeño y pesado, de fieltro azul, que había hecho su madre para su única nieta, con unos grandes botones dorados con anclas y un cuello redondo de dos hojas, y apuró el paso por las escaleras del edificio. Estaba segura de que a su madre le gustaría ver a su nieta así vestida.

Al abrir la puerta que daba al patio, vio un avión pintado en el piso con dos piedras en diferentes números. Sintió miedo. Miró en todas direcciones. El miedo se agudizó, le descontroló un grito, nombró a su hija: su propio nombre. Gritó el nombre de su hija, su nombre, como si no se hallara ella misma al no hallar a su hija. Pensó que quizás habían ido a la tienda a unas cuadras, se encaminó hacia allá, cruzó la avenida gritando el nombre de su hija. Aunque guardaba la esperanza de que estuvieran ahí, tenía un mal presentimiento que se parecía tanto al que la había inquietado de madrugada, si no es que era ese mismo sentir. El portero viudo se asomó por la puerta, como un topo de su madriguera, Gloria Felipe le preguntó si su hija estaba con la suya, como tensando los dos extremos de una cuerda, el portero le dijo que él solo tenía una hija ya mayor, ya casada, y Gloria sintió un relámpago en el cuerpo que anunciaba la tormenta de pensamientos que se venía. Como el trueno sigue al rayo, gritó más fuerte el nombre de su hija en la calle, ¿pero a quién dirigía su voz? Su hija no parecía estar escuchándola ni parecía estar cerca. ¿A quién gritaba su propio nombre? ¿A sí misma o a su hija?

Un hombre se acercó a ayudarla, pero Gloria no pudo articular nada y lo apartó con una mano, le estaba quitando tiempo; de hecho, todo lo que no fuera avanzar hacia su hija le quitaba tiempo. ¿Pero estaba avanzando hacia su hija? ¿Se estaba acercando o se estaba alejando? ¿Cómo saber si estaba alejándose o si estaba acercándose? ¿Cómo saberlo? Cruzó de vuelta la avenida sin mirar los coches que pasaban, una persona tuvo que hacer una maniobra para no atropellarla. Gloria llegó a tocarle la puerta a Josefina López, la administradora del edificio en el primer piso, quien de solo verle la cara supo que algo grave pasaba.

«Hortensia se llevó a Gloria», alcanzó a decir como conteniendo agua entre las dos manos.

Josefina le dijo que tal vez habían ido a comprar algún dulce las niñas. Y, sin responderle, Gloria subió al segundo piso presurosa, mejor dicho, saltando escalones en pares, a su departamento, y abrió la puerta de su casa moviéndose como nunca antes lo había hecho, atravesada por la incertidumbre, por el miedo. Se comportaba como solo se comportan quienes de pronto son protagonistas, quienes saben que acaba de empezar una tragedia, una a la que han sido arrojadas, pero ella no quería actuar, no sabía actuar, no le interesaba actuar en una tragedia mucho menos una en su propia vida. Y, sin embargo, ahí estaba, entrando al escenario, abriendo la puerta de su casa con desespero, sin saber qué pasaría al minuto siguiente, moviéndose como la protagonista de esa tragedia que ella tenía la certeza de estar protagonizando. Esa era la única certeza que tenía pues se trataba de su hija a la que se habían llevado; ahora era claro ese presentimiento de la madrugada, eso era preciso lo que había sentido, ese mal presentimiento y su realidad eran como la furia del mar y el viento peleándose, ahora reconociéndose en el otro. Nunca antes le había parecido tan lejos llegar de la puerta de su casa al teléfono para llamarle a la policía, mejor sería que ellos, no solo ella y su esposo y su madre, buscaran a su hija, necesitaba, le urgía que, por favor, otros personajes entraran a escena.

Se robaron a mi hija, señor, dijo Gloria haciendo un esfuerzo grande para no llorar al nombrar lo que no habría querido nombrar hasta ese momento, pues tenía que asegurarse de que la persona al otro lado de la línea entendiera

18

lo que acababa de ocurrir. Rubén Darío Hernández, el comandante del Servicio Secreto, mejor conocido en el gremio policiaco como El Dos Poemas, acababa de iniciar su turno, desayunaba una torta de huevo y un atole endulzado que tomaba en una taza que puso sobre su escritorio para hablar.

—¿Dónde se llevaron a su hija, señora?

—Afuera de mi casa alguien se la llevó, en la calle de Bucareli y Cuauhtémoc en la colonia Juárez, afuera de mi casa alguien se la llevó.

—¿Usted vio quién se la llevó?

—No, la dejé jugando afuera con otra niña.

—¿Cuántos años tiene su hija, señora? —le preguntó serenamente el comandante Rubén Darío dejando su torta de huevo al lado de su máquina de escribir, deteniendo el auricular entre el hombro y la oreja para tomar nota.

Gloria Felipe le dio la fecha de nacimiento de su hija y se le escapó decir la hora exacta en la que nació, como si esa precisión fuera la huella que marcaba en el cosmos que era su hija, solo su hija, como si Dios pudiera escucharla con esa nítida precisión, como si fuera una clave, una llave para que una hija regresara con su madre porque sabía la hora exacta de su alumbramiento, una hora y un minuto justo hace dos años, tres semanas por la madrugada, que solo ella conocía con detalle porque Gustavo se había ido del hospital porque no quería que sus cuatro hijos pasaran la noche sin él en casa, cosa que Gloria le reclamó y le seguiría reclamando con comentarios pasivo agresivos cuando la ocasión se prestara. Había preferido irse con sus cuatro hijos que quedarse con ella, su esposa, al momento de parir, sí, su quinto parto, su primera hija, y se había ido poco antes de que se desgarrara y perdiera sangre, ella había sido la única que había sentido ese dolor en su cuerpo, y como sumando dolores, Gloria respondió las siguientes preguntas llorando. El comandante Rubén Darío intentó tranquilizarla con frases hechas, necesitaba

19

más información. Le pidió el nombre completo de la menor y le pidió que llevara fotografías de la niña para abrir carpeta.

El comandante Rubén Darío Hernández del Servicio Secreto, luego de colgar el teléfono con Gloria Felipe, escribió en su máquina: «México, Distrito Federal a 22 de enero de 1946. Reporte del secuestro de la menor Gloria Miranda Felipe, nacida el 30 de diciembre de 1943 (a las 1:34 horas!!!).» La señora Gloria Felipe llamó a su esposo a Teléfonos de México y a su madre, que estaba en el taller atendiendo a una actriz de cine y teatro que requería un vestido para una fiesta. Beatriz, la asistente de Ana María, la llamaba cubriendo el auricular con una mano cuando tocó la puerta Josefina, la administradora, para decirle a Gloria que ya había ido a la tienda de la esquina, había buscado y preguntado por la niña en algunos departamentos del edificio y que Consuelo también estaba buscando a la niña en la calle. Gloria le cerró la puerta sin decir nada y regresó a hablar con su madre que la esperaba en la línea.

En México se había desatado una ola de robos y secuestros a menores de edad. Para 1946 había dos millones de habitantes en el Distrito Federal y 4.000 policías con un sueldo precarizado —como sigue siendo todavía hoy— que dividían labores en tres turnos. La comandancia del Servicio Secreto era el único órgano del Estado para llevar casos de secuestros de menores; el comandante Rubén Darío Hernández había investigado varios casos, algunos de ellos los habían resuelto, otros estaban pendientes y, como la policía estaba rebasada, se creó La Asociación Civil Contra el Plagio de Infantes como una respuesta de un grupo de padres que buscaba a sus hijos. Sin embargo, era una AC nueva y carecía de los medios que tenía la policía. En el departamento de Servicio Secreto tenían once casos abiertos al 22 de enero, mientras que en la ACCPI llevaban 54, y el caso de la niña Gloria Miranda Felipe era la doceava carpeta abierta. En el Servicio Secreto, el niño más grande que buscaban tenía cinco años, la más chica tenía tres meses de nacida. Para entonces existían dos hipótesis principales en los medios ante el robo y secuestro de menores: la venta de niños al extranjero y los niños robados por los pobres y gitanos para ponerlos a mendigar dinero, como una única fuente de ingreso, en las calles de la creciente y gran ciudad.

Ana María Felipe le había quitado el apellido de su ex marido a su única hija en el acta de nacimiento, la registró como «hija natural» luego de divorciarse de él cuando Gloria Felipe tenía cinco años. El padre de Gloria, a quien Ana María no le gustaba nombrar y, por lo tanto, no vamos a nombrar, era un refugiado español de ojos azules, de muchas palabras, de hecho, un torrente de palabras que, como una tubería rota, no se podía controlar cuando tomaba. Su voz se hacía notar adonde estuviera. Tenía una risa estruendosa que era como un plato que se rompe, de súbito, en el restaurante y hace voltear a la gente. Tenía una fluida jerga española que muchas personas en México no entendían. Era alcohólico y era violento. Ana María llevaba cinco meses de embarazo cuando el español la golpeó, así perdió ese embarazo, momento en el que se enteró de que eran dos y no uno, que había perdido así un embarazo gemelar. Ana María Felipe tenía veintiocho años cuando perdió a los gemelos. Tenía una histerectomía luego de la pérdida, una hija de cinco años y una madre que dependía económicamente, como ellas, del español. Tenía una maleta que llenó de ropa y una bolsa donde le cupieron algunas cosas más antes de irse.

Gloria Felipe había crecido con el estigma de ser hija de una mujer divorciada y una que, además, trabajaba. Una combinación maldita para su tiempo. Entre sus compañeras del catecismo y la escuela, nadie quería invitarla a su casa. Es hija de una divorciada, decían. Es mala influencia, decían. Su madre trabaja, decían. No es buen ejemplo para esta casa, decían. No vaya a traer la desdicha del divorcio, decían. No vaya a sembrar ideas inmorales a otras niñas, decían. Gloria Felipe fue desarrollando vergüenza por llevar el mismo apellido que su madre y por no conocer ni recordar a su padre. A veces usaba su apellido de casada, pero su madre la había animado a que usara siempre su nombre de soltera, cosa rara para su tiempo, y, finalmente, así lo había hecho. Tenía un puñado de recuerdos arenosos de su padre que había moldeado tantas veces, de maneras tan diferentes que, en sus recuerdos, se había transformado en un buen hombre y no entendía por qué su madre la había privado de crecer con él. En la pubertad pasó una temporada enojada con Ana María Felipe. ¿Por qué no le permitía llevar el apellido de su padre? ¿Cuál era ese apellido? ¿Por qué no le permitía buscar a su padre? ¿Por qué le había prohibido vivir en una familia, como las de sus amigas? ¿Por qué había roto la geometría familiar? ¿Y por qué no tenía hermanos como el resto de sus amigas, por qué había sido así de egoísta?, le reclamó a su madre, a gritos cuando adolescente, sin saber que había perdido a sus hermanos, los gemelos, cosa que Ana María le contaría, en una frase escueta y más bien críptica, muchos años después.

Cuando recién se divorció del español —al que no vamos a nombrar—, Ana María sabía coser, bordar y cocinar. Con sus escasos conocimientos, comenzó a trabajar de costurera en una tienda de camisones y ropa para mujer. Poco a poco fue destacando por sus aptitudes manuales y la ascendieron como asistente de una modista de vestidos de diario. Para acelerar la historia de Ana María, a la que volveremos más adelante, puso un negocio de vestidos de gala y de novia, y para cuando Gloria se casó con Gustavo, Ana María ya era una célebre diseñadora que viajaba por el mundo a pasarelas, a comprar toda clase de textiles, todo tipo de hilos y botones para sus diseños. Ana María Felipe fue la primera mujer diseñadora en México en alcanzar esas alturas internacionales. Tenía un salón de belleza que también gozaba de buen prestigio y de una clientela fiel, pues además de ser una profesional destacada en el mercado de la belleza y la moda, era carismática. Era bien querida por sus empleadas y clientas. De hecho, su carisma y su profesionalismo eran como aire al fuego, uno crecía al otro, y la gente se acercaba a ella en las fiestas, aun sin conocerla. Tenía un gran sentido del humor y trataba igual a clientes adinerados que a las empleadas que dependían de ella. Esa calidez generaba la lealtad de sus trabajadoras. Además, Ana María contrataba solo a mujeres como una política personal y eso hacía que mujeres en situaciones similares a las de ella hubieran tenido a quien acercarse para huir de los gritos, insultos, a veces de los golpes, de sus antes esposos. Se había corrido el rumor de que, si alguna mujer quería divorciarse, Ana María encontraría algún trabajo que ofrecerle. Sus negocios eran prósperos. Y tal vez ella era como una flor de loto, una de las más bellas flores capaz de surgir solo en el lodo; una mujer que había florecido después de adversidades y pérdidas.

El departamento de la colonia Juárez era un regalo que Ana María les había hecho a su hija y a su yerno en su boda, y los lujos que podían darse como familia numerosa también venían de ella. Cuando su hija la llamó esa mañana, Ana María le dijo que no podía dejar el taller en ese momento, pero lo haría en cuestión de minutos; mientras tanto, mandaría a su asistenta Beatriz por sus cuatro nietos a la escuela para que su cocinera los atendiera en su casa. A Gloria, incluso a su edad, le seguía doliendo que su madre no dejara el trabajo en ese instante, aun en esa situación. Tenía una huella de abandono que el tiempo no borraba. Las pocas veces que había logrado expresárselo torpemente a su madre le contestaba que no era que el trabajo le importara más, sino que le importaba tanto que debía trabajar para cubrir todo lo que ella necesitaba. Era una de sus maneras de darle afecto a su hija, pero cuántas veces Gloria hubiera preferido que su madre estuviera

23

presente en lugar de estar trabajando. Que su madre hubiera dejado el taller en ese instante para ir corriendo a verla. Sumado a la angustia que sentía por no saber dónde estaba su hija, le explotó un llanto como si tuviera cinco años. Tal vez porque emocionalmente el tiempo se detiene ahí, justo donde más nos hirieron.

Gustavo llegó a su casa. Portaba casi siempre un pin con el logotipo de Teléfonos de México en la solapa del saco, no tanto por obligación o porque fuera parte de un uniforme, sino por mera gratitud a su casa empleadora que le había dado trabajo como telégrafo a los dieciséis años. Su esposa, que lloraba sentada en la taza del baño, se echaba la culpa por haber dejado sola a su hija. ¿Por qué se la confié a Hortensia?, alcanzó a susurrarle con mocos que le escurrían de la nariz a la boca. ¿Quién es Hortensia?, le preguntó Gustavo mientras le limpiaba la cara a su esposa con papel de baño. Le respondió como golpeándose, flagelándose con cada palabra: Soy una estúpida, una imbécil, pensé que era la vecina, pensé que era la hija del velador de enfrente. Gustavo la reclinó, se levantó y se llevó las manos a la espalda, se tomó una mano con la otra, separó las manos, se las llevó a los costados, se rascó un hombro sin que tuviera comezón, como no sabiendo qué hacer con su cuerpo, dónde ponerlo, qué hacer con sus largos e inútiles brazos, sus manos parecían sobrarle, esas extremidades no podían arreglar la situación, ¿para qué le servían entonces? Miró el reloj de pared, sus hijos aún estarían en la escuela unas tres horas antes de que Beatriz fuera a recogerlos para llevarlos a la casa de Ana María. Tomó el teléfono y llamó a la escuela de sus hijos para avisar quién pasaría por ellos. Jugaba con un lápiz con la mano, al lado del teléfono, de algo tenían que servirle esas manos peregrinas, y mientras colgaba con una mano y esperaba el tono para empezar a discar con el lápiz el número de la comandancia del Servicio Secreto, le pidió a su esposa el nombre del policía que la había atendido. ¿Así como el poeta?, le dijo Gustavo a Gloria.

El comandante Rubén Darío le pidió al señor Miranda que le llevara lo antes posible unas fotografías de su hija. Gustavo fue al clóset en su cuarto donde guardaban las toallas y sábanas, abajo estaba el cajón de las fotografías y álbumes familiares. Tomó tres, una de bebé y dos de su festejo reciente frente a su pastel de cumpleaños. Fue al baño por su esposa a quien tuvo que animar para levantarla, y sin su bolso ni su suéter, salió a la calle de su brazo. Se cruzaron con Consuelo que venía entrando, que se persignó al mirar a Gloria a los ojos y alcanzó a tomarle la mano. Se subieron a un taxi. Iban en silencio en el asiento trasero, conteniendo emociones con la razón, como si la razón fuera o como si pudiera ser un dique, mientras el conductor del taxi les contaba que había logrado salir de un embotellamiento ocasionado por un accidente, un joven vendedor de bolillos en bicicleta había sido arrollado por un trolebús. Les describía la imagen de los bolillos esparcidos en el pavimento y Gloria pensó en los panes blancos sobre la avenida negra, como puntos blancos sobre una inmensidad, un abismo estrellado, que le recordaba lo pequeña que era, el nulo control que tenía en la inmensidad. Peor aun que la imposibilidad de controlar una situación: lo poco que podía controlarse a sí misma. Mirando a través de la ventana pensaba en los peligros a los que estaba expuesta su hija, como el vendedor de pan atropellado, cuando rompió en llanto. No parecía haber ningún refugio para protegerse de los peores escenarios.

Al fondo de la primera planta de la comisaría, en una muy estrecha oficina con un inmenso escritorio de roble, con una máquina de escribir negra y pesada, y algunos papeles en aparente desorden, Rubén Darío eligió una de las fotografías de la niña, gritó a un policía joven llamado Octavio, con un corte a ras, labio leporino y con las botas rigurosamente boleadas, y le indicó que esa sería la fotografía de la niña que usarían para el comunicado a las comisarías del país, además de mandar el comunicado a Estados

Unidos, donde ya colaboraban con las autoridades. Octavio salió de la oficina, Rubén Darío se quedó mirando la otra fotografía, casi idéntica a la segunda, solo que en esa la niña sonreía. Estaba seguro de que la imagen de la niña sonriendo frente a su pastel de cumpleaños, con sus dos padres detrás, era la imagen perfecta para la prensa y les propuso que la usaran para la difusión en los periódicos. Por esa sensibilidad, en parte, le apodaban El Dos Poemas en su gremio.

Gustavo le pidió permiso al comandante para sentarse junto a su esposa y desde ese punto de vista notó que Rubén Darío tenía manchas de comida en la camisa, que le quedaba justa en su redondez. Y en parte, por eso, a veces le apodaban El Dos Tacos, pero era más común que le llamaran El Dos Poemas. El señor Miranda le relató que su esposa había dejado jugando a la niña en algunas ocasiones sin ningún inconveniente con Hortensia en el patio del edificio La Mascota y también en la calle Bucareli. El comandante Rubén Darío tomaba nota, le pidió a la señora Felipe que describiera con detalle a Hortensia, cómo la habían conocido y cómo habían ocurrido los hechos. El señor Miranda, mientras tanto, miraba en el escritorio los nombres de los otros casos de menores robados y secuestrados, y al terminar el interrogatorio con el comandante, Gustavo le sugirió a Gloria acudir a las dos estaciones de radio principales y al periódico de mayor circulación para entregar la fotografía de su hija. Rubén Darío Hernández alcanzó a sugerirles un periódico y el nombre de un periodista, pero no lo escucharon.

Gloria Felipe le pidió a su esposo llamar antes a su madre. Ana María ya estaba en la casa de su hija con Consuelo. Les consiguió una cita con el director del periódico de mayor circulación.

Siguiendo órdenes de su jefe, el periodista José Córdova, aunque ya había sido alertado del caso por Rubén Darío, le hizo algunas preguntas a la pareja y les recibió la fotografía de la menor. Bajo esa foto, el texto que circuló en la edición de la tarde, y que dio a conocer la noticia, decía: «¿Usted sabe algo sobre el paradero de la niña Gloria Miranda Felipe? La menor Gloria Miranda Felipe, de dos años de edad apenas cumplidos, se extravió el día de hoy a las 8:20 horas en Bucareli y Cuauhtémoc, en la colonia Juárez, sin que se tenga ningún reporte de su paradero hasta el momento. Cuando se perdió la niña, llevaba un vestido blanco con flores color café en la pechera, unos zapatos de cuero café de hebilla y tres perforaciones en forma de hoja, unas calcetas color claro y un listón le ataba el cabello en media cola. Sus señas son: complexión delgada, pelo castaño, finas facciones, pestañas y cejas pobladas, boca pequeña y labios gruesos. Sabe decir unas cuantas palabras, es alérgica a la leche (le sale salpullido en el pecho y antebrazos). Sus padres estarán agradecidos con cualquier información y ofrecen una recompensa de 15.000 pesos a quien la proporcione en este periódico, o bien, favor de ponerse en contacto con su padre, el Señor Gustavo Miranda, en el siguiente número telefónico.»

Gloria Felipe miró la primera plana del periódico recién impreso como si mirara un barco entrando de noche al mar abierto. También un mar dentro de ella.

2

En las calles, las oficinas y las casas se comenzó a comentar el caso de la niña. ¿Por qué si los Miranda Felipe habían tenido —gracias a sus privilegios— atención prioritaria en la policía, un espacio en la primera plana del periódico de mayor circulación y su caso estaba en la discusión nacional, no pasaba lo mismo con los otros casos de los niños robados y secuestrados? Las aguas estaban estancadas por un lado; agitadas por el otro. En el radio los locutores comenzaron a discutir la oleada de robos de niños a partir del caso de la niña Gloria Miranda Felipe. En el transporte público se empezaba a hablar de la noticia, en las casas de clase media alta se empezó a esparcir el rumor, ¿cómo había sido posible que pasara con uno de ellos? Algunos hablaban de las pandillas de Tepito, pandillas japonesas, pandillas sudamericanas y las redes delincuentes que vendían a los menores mexicanos en Estados Unidos y Europa después de la Segunda Guerra Mundial. Incluso se llegó a especular con la venta de menores al norte para que las viudas de los soldados muertos en la guerra pudieran exigir sus pensiones. Por esos días el racismo, el clasismo, la xenofobia crecieron en las calles como la hierba que se abre camino entre el cemento. Bastaba con que una madre pasara con su hijo o hija al lado de un moreno, de un oriental o de un gitano, para desatar toda clase de violencias verbales.

Era un tema caliente en sí y más caliente aún porque la semana anterior había sonado mucho el caso de un asesino de niños. Había matado a un niño de cuatro años, a plena luz del día, frente a una cafetería del Centro, en la calle de Tacuba. El culpable había dicho que quería asaltar a la madre, pero había matado al niño accidentalmente. El Asesino de Niños, como lo habían nombrado en un titular —y a partir de eso lo habían llamado así en todas partes—, estaba en el penal de Lecumberri, entonces también conocido como El Palacio Negro. En la sentencia se aclaraba que El Asesino de Niños no había querido asaltar a la madre del niño, sino matar al niño directamente y que era culpable además de haber matado a cinco niños más que había enterrado en el jardín de su casa.

Nuria Valencia había escuchado ese caso hacía unos días en el radio que compartía con Constanza, su compañera de trabajo en el consultorio de un cardiólogo en el Hospital General de México. Nuria, que tenía una hija pequeña, se preguntó cómo eran los placeres de un asesino. Y, peor aún, ¿cómo podían ser los placeres de un asesino de niños? ¿Podía una persona matar niños y sentir algún tipo de placer?

Nuria Valencia escuchó la noticia del robo de la niña en el radio de la cocina de su casa. Le tomó el tiempo que toma servirse un vaso de agua para decidir que, en su casa, donde vivía con su hija, su esposo y sus padres, no entraría información al respecto y guardó el radio en un gabinete bajo llave en el trinchador de la sala. La pequeña ya era una niña sobreprotegida y su reacción de guardar el radio, le pareció a su padre, Gonzalo Valencia, un tanto exagerada; sin embargo, había visto a su hija tomar decisiones aprensivas y la comprendía.

Nuria Valencia llevaba años intentando embarazarse de su esposo, Martín Fernández Mendía, quien era un par de años mayor que ella. Antes de tener a su hija Agustina habían peleado con frecuencia; en alguna ocasión Martín la había amenazado con dejarla si no se embarazaba. Anhelaba ser padre, quería formar una familia y estaba harto de tanto esperar. Agustina Mendía, la madre de Martín, tenía tiempo deslizándole varias indirectas para que dejara a Nuria, pero eso hubiera pasado sin importar que hubieran formado una familia años antes o sin importar, sobre todo, que Martín hubiera escogido a otra mujer como esposa. Varios ginecólogos y un endocrinólogo habían visto a Nuria Valencia Pérez a lo largo de los últimos años, en los que se le volvía cada vez más apremiante quedar embarazada. Era un tema tenso entre ambos y con el tiempo se iba tensando más. Los dos querían ser padres, pero no se concretaba. El veredicto de los médicos, todos hombres mayores de 50 años, había determinado que la muchacha era estéril hasta que uno de ellos, con una innovadora técnica de la época, le diagnosticó una obstrucción en las trompas de Falopio que impedía la movilidad de los óvulos, y mediante una terapia que consistía en llenarle el útero de gases, se las desbloquearía para que los óvulos pudieran liberarse de los ovarios y pudieran ser fecundados.

Nuria Valencia fue durante seis ciclos a la terapia de gas. El doctor de la terapia de gas le había hecho un calendario a Nuria con las fechas en las que debía acostarse con Martín y, a partir de entonces, ella se aseguraba de seguir ese calendario; aunque Martín o ella no tuvieran ganas de acostarse. La primera vez que se sometió al procedimiento, soltó unos alaridos y se mareó del dolor hasta casi desmayarse. La segunda vez, vomitó del dolor en el baño del consultorio. La tercera vez se desmayó. La cuarta, también. Su esposo tuvo que salir por ella, estaba en una junta en las oficinas del cine en el que trabajaba y una enfermera le había llamado para decirle que no habían logrado terminar ese ciclo porque su esposa se había desmayado durante el procedimiento. La quinta vez Nuria tomó varios analgésicos antes de salir de su trabajo, tuvo una migraña que no se le quitó hasta la siguiente noche y la sexta vez, sin resultados aún, después del dolor extremo ya conocido, decidió desistir y, sin decirle a su marido, tomó un taxi de la clínica del doctor a la Casa de Cuna que ya había mirado varias veces sobre una de las grandes avenidas de la ciudad de camino al Hospital General de México. Estaba decidida a iniciar los trámites de una adopción.

México es el país de las filas y los trámites. Siempre lo ha sido. El trámite de adopción, como tantos otros trámites, era un laberinto que no parecía tener entrada ni salida y quizá, sobre todo, no hubiera un minotauro en su centro. Luego de un par de ciclos en los que tampoco se embarazó, Nuria habló con Martín, le propuso que intentaran adoptar y, contra su pronóstico, él se mostró abierto al tema, le dijo, honesto, que estaba dispuesto a renunciar al parecido de su primogénito y le dijo, por primera vez después de aquel pleito, que sí quería formar una familia con ella. Pero si vamos a adoptar, le dijo a su esposa, vamos a adoptar un niño para poderle poner igual que yo, Martín Fernández. A Nuria le extrañó que esa fuera la primera preocupación de su esposo sabiendo que la otra persona con ese mismo nombre, su padre, los había abandonado a él y a su madre. Sabiendo que existía otro Martín Fernández, además de él y su padre, el hijo de la mujer por la que dejó a su madre, como si hubiera renunciado a su primogénito poniéndole el mismo nombre a su segundo hijo. Ese que sí había crecido con su padre. ¿Y por qué ahora el primer impulso de paternidad era tan parecido al de su padre?

Eran largos los trámites para adoptar un recién nacido, el género biológico no dependía del deseo de los padres sino de la conclusión jurídica del menor en adopción. Martín dejó la burocracia a Nuria. Por las noches hablaban de cómo iba todo y luego de una espera que ya no sabían medir larga o corta consiguieron adoptar no a un niño, como quería Martín, sino a una niña, su hija: Agustina Fernández Valencia. Martín le había propuesto a su esposa que en lo que hacían el papeleo, fingiera un embarazo con una panza de almohadón para que su círculo cercano creyera que la niña era biológicamente suya pero, además de que no tenía mucho sentido, la fecha de adopción se adelantó y Martín desechó esa idea, así que le propuso, realmente le impuso, que nombraran a la niña con el nombre de pila de su madre, en honor a ella.

3

El teléfono no paraba de sonar en casa de la familia Miranda Felipe. Como Consuelo no sabía leer ni escribir, Ana María le pidió a Beatriz que los auxiliara para tomar las llamadas en la Juárez mientras ellos estaban fuera. Beatriz tomaba notas de todas las llamadas en una libreta. La mayoría eran llamadas de apoyo, señoras que llamaban para mostrar su solidaridad con la familia Miranda Felipe. Una mujer mayor a la que parecía faltarle aire al hablar le dijo a Beatriz que si necesitaban comida, ella podía mandarles comida de su restaurante todos los días hasta que encontraran a la niña. Beatriz apuntaba todo, apuntaba teléfonos en caso de que Gustavo o Gloria quisieran regresar las llamadas. Beatriz hizo una pausa para salir, necesitaba ir a la tienda y estaba cerrando la puerta del departamento cuando sonó el teléfono. Se regresó. No alcanzó a responder, colgaron al segundo timbre. Durante su ausencia, Consuelo se puso a rezar un padre nuestro frente al teléfono con los ojos cerrados y las manos juntas. Cuando Beatriz volvió el teléfono timbraba y sintió culpa por haberse demorado hablando con la administradora del edificio, quien le había hecho algunas preguntas y le había contado que la vecina de al lado se estaba yendo del edificio con todo y sus hijos. Beatriz oyó el teléfono timbrar, no se perdonaría no alcanzar a contestar. Descolgó y una voz ronca, masculina, que resbalaba el final de las palabras como con carbón, manchando su paso, dijo: «La niña está viva, pero si quiere que siga viva, acuda al Monumento a la Revolución hoy a las siete de la noche, ahí le entregaré la dirección donde se encuentra la niña a cambio del dinero. Para que me reconozca, traeré un guante negro en una mano y no habrá nadie más así en toda la ciudad más que yo, necesito que vayan a esa dirección 24 horas después, para que me dé tiempo de salir de la ciudad, ahí estará la niña viva.» Y azotó el teléfono.

A Beatriz se le había acelerado el corazón mientras tomaba nota. Le empezó a temblar un párpado aún con el teléfono en la mano ya cortado el tono. Sentía que se desmayaba, pero había logrado apuntar palabra por palabra del hombre que arrastraba, sucias, las palabras. Esa caída al abismo le había pasado tres veces en la vida. La primera, en el instituto técnico en el que tomó un curso de taquimecanografía. Empezó a sentir que se iba a morir en medio de un pasillo, el corazón parecía quererse escapar de su pecho y terminó en la enfermería suplicando una ambulancia, pero con una bolsa de papel consiguió regular su respiración. La segunda vez fue cuando presintió que su novio, su primer amor, le estaba siendo infiel. Fue a su casa sin avisarle, confirmó su presentimiento, él le abrió la puerta en calcetines, alcanzó a ver a una chica descalza en la sala. De regreso a su casa, se empezó a sentir mal, el párpado le empezó a temblar como avisando que seguía el descontrol del corazón y luego la respiración y luego, tal vez, seguía la muerte, así que le compró un periódico a un niño en una esquina, improvisó una bolsa de papel y así logró controlarse. La tercera vez le ocurrió en la tienda con Ana María, encerrada en un probador con una clienta que la humilló. Así era como le habían empezado los ataques de pánico y ansiedad, tal vez conocidos de otras formas en esa época. Sabía que ahí estaba, que estaba creciendo, cuando el teléfono empezó a sonar otra vez. Necesitaba, le urgía una bolsa de papel. Consuelo le ayudó a buscar si tenían por ahí alguna bolsa del pan, Beatriz no podía contestar en ese estado, el teléfono seguía sonando, pero Beatriz necesitaba una bolsa de papel antes que responderle al mismo hombre o a quien fuera. Encontró una revista en un cajón en la cocina, armó una bolsa de papel con una hoja y se encerró en el baño hasta que logró controlar su respiración. Consuelo la esperaba con un vaso de agua al otro lado de la puerta, le decía que si necesitaba algo estaba ahí. Cuando las manos le dejaron de temblar y su párpado y su cuerpo entero volvieron a pasar a segundo plano, Beatriz le llamó a Ana María, que prepararía el dinero para el rescate de su nieta. Ana María, con la serenidad de un médico en medio de una situación crítica, les dictó el recado palabra por palabra a su hija y yerno y fue ella quien le llamó al comandante Rubén Darío para ponerse de acuerdo en lo siguiente.

Todavía en las oficinas del Servicio Secreto, a Rubén Darío se le ocurrió, mientras comía unos cacahuates a los que les quitaba la cáscara con los dientes, que del dinero que llevaba Ana María tomaran una pequeña cantidad y lo combinaran con recortes de periódico y archivo muerto: un anzuelo para poder atrapar a ese hombre. Octavio, el policía de pelo a ras, labio leporino y botas rigurosamente boleadas, celebró la idea de Rubén Darío con un chiflido fuerte con dos dedos, con el que se le marcaron hoyuelos en los cachetes. Le dijo a Ana María Felipe que por esas ideas le apodaban El Dos Poemas en la comandancia. Rubén Darío Hernández abrió la bolsa de tela con el «dinero», Ana María estaba sorprendida de lo verosímil que parecía cuando entró su hija Gloria con Ignacio Rodríguez Guardiola y salieron de ahí con la bolsa de «dinero».

Gloria Felipe fue a la cita acompañada de un joven agente del Servicio Secreto llamado Ignacio Rodríguez Guardiola, quien tenía dos fuentes de felicidad a los 22 años: el futbol y cualquier cosa relacionada con el futbol siempre y, a veces, los chilaquiles que hacía su madre. En el Monumento a la Revolución no vieron a un hombre con un guante negro por ningún lado.

Gloria Felipe estaba nerviosa. Rodríguez Guardiola iba vestido de civil, la bolsa era una bolsa y el dinero aparentaba ser la cantidad completa, pero estaba autoconsciente de sus movimientos. Temía que eso y no el dinero falso, estarse moviendo de una manera extraña, la hiciera parecer sospechosa. Hacía un año, su hijo Jesús le había contado que había llegado a una conclusión importante cuando su padre los llevaba a nadar: si se orinaba en una alberca y se movía para disipar la mancha amarilla en el agua, ocurría lo contrario, de tanto que se movía para esconder que se había orinado, la gente solía darse cuenta de que se había hecho pipí. ¿Por qué se sentía como su hijo orinándose en una alberca del tamaño de la vida? Sentía que su forma de moverse podía sabotear lo que más quería. Y ¿qué le garantizaba que ese dinero falso no era tan falso como el relato del hombre con un solo guante que decía haber secuestrado a su hija? Esa sensación le llegó de golpe como llega de golpe un color, una figura, una sensación, una intuición y, en medio del Monumento a la Revolución, moviéndose de una forma extraña, de poderlo hacer, sin duda, se estaría orinando en la ropa en medio de esa plaza pública, pero empezó a llorar. Un hombre que caminaba en dirección a ella se detuvo de pronto y salió corriendo en dirección contraria. Gloria lo miró, se hincó en el piso llorando más fuerte y apareció Rodríguez Guardiola quien, vestido de civil, parecía adolescente, parecía tal vez hijo de Gloria, la ayudó a reincorporarse y caminaron de vuelta al auto. ¿Había ahuyentado al secuestrador? ¿Ese hombre que salió corriendo era el secuestrador de su hija? Estaba segura de haber metido la pata en un momento crítico. Sabía que el secuestrador iba a su encuentro, sabía que llevaba dinero falso, sabía que debía ir sola y se había equivocado, había ahuyentado al hombre que le daría a su hija de regreso, ¿cómo iba a perdonarse eso?

A las once de la noche, ese mismo día, cuando sus cuatro hijos estaban ya dormidos —Gustavo era quien solía dormirlos todas las noches, le gustaba leerles historias, le gustaba, en general, ser papá y, pese a que no comunicaba fácilmente sus emociones, no le costaba aceptar que le gustaba ser padre—, timbró el teléfono y Gustavo descolgó de un manotazo:

—Sí, diga.

La misma voz que Beatriz le había descrito a Ana María parecía estar al otro lado de la línea:

—Es importante que sigan mis instrucciones —había dicho estas últimas tres palabras como si fuesen una sola, difíciles de entender, como si más que palabras hablara en manchas—, voy a darles otra oportunidad, su esposa debe ir sola, sin nadie que la acompañe, ¿me entendió?

—¿Me garantiza usted que no le hará daño a mi señora ni le hará daño a mi hija?

—Su hija está viva y seguirá viva siempre y cuando sigan mis instrucciones, ¿me entiende, Sr. Miranda?

—Diga entonces.

—En José Martí, casi al llegar a Sindicalismo en la colonia Escandón hay un merendero, mañana a las siete de la noche estaré de espaldas a la puerta del merendero, leyendo un periódico, cubriéndome el rostro. A cambio del dinero, le daré a su esposa la dirección donde está su hija a la que deben recoger 24 horas después para que yo pueda salir de la ciudad.

Para Gloria la culpa era un lugar conocido, pero ahora, en la caída libre del insomnio, se dijo que si algo le pasaba a su hija sería doblemente su culpa. Perderla dos veces, ese vórtice. La llamada de ese hombre la había llevado a esa oscuridad en su interior, acaso el sentir más frío de todos. Gloria no pudo conciliar el sueño esa noche, las preguntas hacían un círculo a su alrededor. Las preguntas la atosigaban hasta que le faltaba aire. Se sentía ansiosa, le costaba respirar. Gustavo dormía.

Esa noche, algo raro pasó. Su marido dijo algo en medio de la noche que ella no entendió. Pronto se dio cuenta de que su marido estaba hablando dormido y pensó que quizá dormido revelaría algo sobre cómo se sentía ante la situación, pues no había expresado sus emociones, y a ella le habría gustado escucharlo, pero su marido se puso a hablar sobre una plantación de café. Mira el café, las plantas de allá, gracias, gracias, dijo al aire Gustavo. Le siguió una frase, más bien un susurro incomprensible y le siguió un listado de números en desorden. El número once hizo reír a su esposo. ¿Qué tenía de gracioso un número? Quizás era un mensaje encriptado, un jeroglífico con el que su esposo comunicaba tal vez su sentir. No tenían ninguna memoria como matrimonio, ni siquiera en su noviazgo en una plantación de café y no tenía idea a qué se referían esos números azarosos, mucho menos por qué el once parecía ser el más gracioso entre todos los números, pero dejó de lado las especulaciones y pronto volvió la honda culpa.

¿Quién era ese hombre? ¿Por qué había secuestrado a su hija? ¿Por qué había decidido salir corriendo en dirección contraria? ¿Por qué no llevaba el anunciado guante negro? ¿Qué no era ya suficientemente ridículo lo del único guante como para confiar en sus palabras? ¿Acaso sería mejor ir a la cita en el merendero sin Rodríguez Guardiola? ¿Qué pasaba si la presencia del policía volvía a entorpecer el rescate de su hija? ¿Acaso no era mejor llevar el dinero completo? Peor aún, ¿qué pasaba si se equivocaba de una manera inesperada? Si volvía a perder el control, ¿podía equivocarse aún más? ¿Podía equivocarse peor? ¿Podría seguir haciendo cosas que más que acercarla a su hija, la alejaran de ella? ¿Estaba entorpeciendo el rescate de su hija? ¿Podía querer subir las escaleras mientras estaba, en realidad, bajándolas?

En la espiral de su insomnio, Gloria recordó una vez que regañó a su hija por comerse un tazón de fresas que eran para toda la familia. Consuelo le compartió el tazón a la niña. Gloria regañó a su hija, la azotaba ahora ese recuerdo porque la regañó fuera de proporción. Las fresas hacían feliz a su hija y ese sencillo placer se le regresaba en forma de remordimiento, como si a la distancia, algo tan

pequeño como una fresa proyectara una enorme y mons-
truosa sombra contra la pared a la luz de la culpa. No sabía
cómo salir de allí, cómo dormir y resolvió en sus devaneos
pedirle al día siguiente a Rodríguez Guardiola que fuera
al merendero, pero que, por favor, se mantuviera a una
cuadra de distancia. Si había una oportunidad de rescatar
a su hija, esa sería siguiendo las órdenes del secuestrador.
No quería que la policía capturara al hombre del guante:
quería rescatar a su hija.

Así que al día siguiente solo ella se bajó del auto, pero
para su sorpresa, en el merendero no había nadie con un
periódico. Pidió un café con leche, pasó tiempo sentada
en la barra del merendero, pidió una concha que se comió en algunos bocados con el café, no porque tuviera
hambre, pero estaba actuando, quería actuar pareciendo
normal con la mirada dirigida a la puerta. Solo había tres
familias y una mesera atendiendo el pequeño local y ese
parecía ser el elenco completo de la obra de teatro sin es-
pectadores en la que nada pasaba y a todos dentro parecía
aburrir. A sus preguntas, la mesera le dijo que nadie había estado ese día leyendo el periódico en el merendero.
Gloria salió del lugar con más preguntas que respuestas.
Esa había sido oficialmente la primera de varias llamadas
telefónicas de falsos secuestradores que poco a poco fueron
identificando sin seguir sus indicaciones. Hasta que recibieron una llamada una semana después.

Una voz femenina, gruesa, le informó que su pequeña
hija había sido trasladada a la Cruz Verde, que probablemente estaba grave de salud. Todas las llamadas que hizo
Gloria le confirmaron que no había ninguna menor con
las características de su hija en la Cruz Verde. En otra ocasión, una voz adolescente con acento norteño o quizás una
mujer adulta con una voz infantilizada, le relató que había visto a la pequeña Gloria Miranda Felipe cruzando la
frontera de la mano de un hombre que vestía un traje negro de tres piezas, sombrero y portafolios café. ¿Pero qué

debía hacer ella con la cantidad de información y descripciones que acumulaba? ¿Todos esos datos la acercaban o la alejaban a su hija? ¿Estaba subiendo o bajando las escaleras? Y su hija, ¿estaba arriba o estaba abajo? Y ella misma, ¿dónde estaba?

Gloria Felipe sabía nadar. El ejercicio nunca le había interesado, pero Ana María Felipe consideraba que las clases de natación serían un seguro de vida para su única hija, así que fue a su propio pesar a clases de natación hasta los doce años, poco después de su primera regla. Una vez se metió a nadar en el mar más o menos al año de que nació su primer hijo, Gustavo. Habían ido con Ana María que buscaba comprar una casa en la playa, Gloria había entrado al mar, pero una corriente la alejó de la costa y entre más nadaba al frente, más se alejaba. Así se sentía: nadando al frente, alejándose cada día más de su hija de dos años a la que soñaba darle todas las fresas que quisiera.

El comandante Rubén Darío, masticando algo que crepitaba al otro lado de la línea, hablaba con Gloria Felipe para informarle que en la frontera con Estados Unidos no habían registrado el cruce de la menor. Para entonces, en la frontera, ya tenían fotografías de los menores secuestrados en México buscados por el Servicio Secreto. ¿Por qué el comandante comía algo mientras le decía esa mala noticia a Gloria? ¿Estaba comiendo chicharrón? ¿No era un mensaje cruel de la vida que seguía con todos sus ruidos, los ruidos de alguien comiendo chicharrón, por ejemplo, la música del radio al fondo, toda esa cotidianidad que no se detenía mientras algo terrible pasaba? ¿Por qué nada se detiene cuando más necesitamos una pausa que esté a la altura de la gravedad de nuestra situación? ¿Por qué no para todo ante el silencioso dolor? ¿Por qué el policía come chicharrón al otro lado de la línea mientras le dice que no han encontrado a su hija? Cuánto hubiera deseado Gloria que en esas tres semanas que habían pasado, y en las que había perdido algunos kilos, cualquiera de esas llamadas telefónicas fuera verdadera, que fueran, por favor, pistas que los acercaran a su hija. Lo que habría dado por no equivocarse. Habría realmente dado lo que fuera para encontrar a su hija, darle un baño de agua caliente, dormir con ella y su marido en la cama matrimonial, eso que no le permitían hacer. Despertar abrazando a su hija. Jugar con ella. Aunque era Consuelo quien dedicaba más tiempo a jugar con los niños —a veces como si ella misma fuera una niña—, Gloria quería jugar con su hija, quería poder hacerlo. Ir al parque con ella, jugar a lo que la niña quisiera. Eran las tres, casi las cuatro de la madrugada de un miércoles en el que le cruzó por primera vez la posibilidad de que hubieran abusado sexualmente de su hija.

La luna estaba tan brillante a esa hora de la madrugada que alcanzó a ver cómo brillaban los botones de la pijama de su marido dormido. La pasó cambiando de posiciones en la cama hasta que Carlos, desde el baño que compartía con sus hermanos, le gritó a su madre que, por favor, le llevara papel de baño.

4

Martín Fernández sentía vergüenza de que algunas personas pensaran que habían adoptado a Agustina debido a algún problema suyo, qué tal que alguien por ahí pensaba que tenía espermas deficientes, deformes o, peor tantito, inexistentes. Qué tal que además se corría el rumor de que tenía disfunción eréctil. Temía variantes de ese chisme y varias películas le pasaron por la mente. A los pocos días de haber firmado el trámite de adopción de su hija, decidió estacionarse en una idea y expresarla siempre que pudiera: lo tanto que la niña se parecía a su propia madre. Abueleó, decía. Idéntica a mi señora madre, le dijo a un vecino sin que le preguntara nada. Hasta en el carácter se le parece a mi madre, metió con calzador en una conversación en el trabajo. Por qué le daba vergüenza la adopción a Martín, es algo que Nuria no entendía, pero habían pasado tantos años esperando ser padres que cuando llegó, a Nuria la luz la enceguecía. ¿De dónde salía la demasiada luz? Se sentía feliz. Su casa era el único lugar en el que quería estar, mientras trabajaba en el hospital no veía la hora de volver a casa.

Hicieron el trámite en el registro civil en Cuernavaca, de donde era Nuria. Allí, en una oficina, con su acta de matrimonio, los papeles de adopción y sus actas de nacimiento registraron, por fin, a su hija.

Había pasado tanto tiempo queriendo ser madre que para cuando llegó Agustina a la casa, tenía ya una maletita de ropa que cubría un espectro de edades diferentes. Hacía tiempo que le había pedido a Carmela, su madre, que le tejiera cobijas a su futuro nieto o nieta. La señora había ido a la tienda de estambres a la que solía ir en Cuernavaca.

Hablando con la dependienta, no se decidía a comprar madejas azules o rosas y convinieron que comprara madejas blancas y amarillas. Gastó un dinero que tenía apartado para una olla que quería, pero obviamente era mejor gastarlo en estambres para tejer cobijas para su futuro nieto o nieta. Qué suave era especular entre las madejas amarillas y blancas, como si esos pensamientos fueran de estambre también. Compró suficientes madejas para hacer un par de cobijas y se dio el lujo de comprar una publicación con patrones complejos y tejió las dos cobijas con la esperanza de que las buenas noticias llegaran pronto.

En ese entonces, en los años cuarenta, era común que tomaran fotos a los peatones que caminaban por el Centro Histórico para después ofrecerles las fotografías a la venta. La primera fotografía que tuvieron como familia fue un par de días después de que Agustina llegara a casa. Necesitaban ir al Centro a unas compras. La niña estaba dormida, pero Martín había insistido en salir con ella, ¿cómo no llevarla? Fueron los tres con la niña en brazos, dormida. Pero Nuria insistió en taparla por completo. Agustina iba tapada con una de las cobijas que Carmela le había tejido cuando un fotógrafo se acercó a ellos para venderles la foto de los tres en la calle de San Juan de Letrán: Martín de traje y sombrero, Nuria con un vestido que, de hecho, le gustaba mucho, le hacía sentir guapa, y Agustina envuelta la hacía sentir feliz. Nuria cargaba ese pequeño bulto, esa cobija tejida a mano por su madre, en la que estaba arropada, completamente tapada, cómo creerlo todavía, su hija. Martín le compró la foto al vendedor y le dio unos centavos de propina. A Martín le daba orgullo, le gustaba esa imagen de familia, como si pudiera saborear su plenitud con solo mirarla. La enmarcó y la puso en la sala de su casa.

Gonzalo Valencia y Carmela Pérez habían tenido solo una hija por una preeclampsia que devino en una histerectomía al parir a Nuria, algo que hoy se habría arreglado, claro está, de otra manera. Un ginecólogo en Cuernavaca resolvió quitarle la matriz a Carmela después del parto. La realidad era que Carmela y Gonzalo se habían quedado con ganas de tener más hijos, pero se resignaron a que Nuria sería su hija única y a lo largo de los años compensaron esa necesidad con la atención desmedida a Nuria, como si una hija les valiera por los cuatro o cinco hijos que habrían querido. Si alguien le hubiera preguntado a Carmela cuántos hijos habría querido, cosa que nunca nadie le había preguntado, habría respondido que los que Dios le mandara, anhelando cinco. Gonzalo habría querido tres hijos, pero tampoco nunca nadie le había preguntado. Tres hijos, así como sus padres habían tenido tres hijos. Y así, con su vocación de padres a los que les faltaban hijos, habían criado a Nuria sobreprotegiéndola. Si Nuria quería colgar un cuadro a deshoras, ahí estaba su padre ayudándola con clavos y martillo, dejando de lado lo que estuviera haciendo. Gonzalo y Carmela hicieron su vida de pareja en torno a la vida de su hija y la fueron modificando según iban cambiando las necesidades de ella. Una de las pocas cosas que cruzaba el tiempo era que siempre, siempre, siempre dejaban lo que estuvieran haciendo para atenderla, apoyarla o acompañarla. Nuria estaba acostumbrada a que si tenía un antojo —cualquiera que fuera—, sus padres se quitaban el pan de la boca para dárselo; si necesitaba dinero extra, su padre era capaz de dejar de pagar el mercado de la semana o pedir prestado para dárselo a su hija. Malcriada y consentida: eran las palabras que, como botones, Martín sabía cuándo presionar en los pleitos.

Gonzalo Valencia había tenido un abuelo español al que no conoció, era un ferretero que se dedicaba con honra a su trabajo, siempre olía a limpio, traía un peine pequeño en la cartera y siempre estaba peinado de lado. Carmela era ama de casa y le gustaba tejer. Con esfuerzos habían ayudado a su hija a pagar varias de las consultas ginecológicas para buscar ese embarazo que ellos también deseaban, a diferencia de Agustina Mendía, quien no se habría atrevido a verbalizar su desdén por el tema, aunque su actitud hablaba por sí sola. Los diversos estudios que se había hecho Nuria no estaban cubiertos por sus prestaciones como trabajadora de un hospital público —porque los temas ginecológicos, como tantos otros temas ligados a lo femenino, no son de interés para la medicina, pues el modelo es y sigue siendo el cuerpo masculino y, en la cobertura general como aún ocurre con los seguros médicos, la ginecología está al margen—, así que Nuria había tenido que pagarlos entre el dinero que Martín y ella juntaban para el gasto, y el prestado de Gonzalo y Carmela. Y Nuria no dudaba en pedirles ayuda a sus padres, a pesar de ser una mujer adulta y casada. Incluso les pedía apoyo como si fuera una obligación para ellos. O, mejor dicho, como si fuera su eterna responsabilidad. Quizá si hubieran tenido cinco hijos aún habrían tenido que estar apoyando al más chico de todos y Nuria, de alguna manera, les cubría también la necesidad de ese inexistente Benjamín.

Nuria había crecido en una casa sencilla que, a pesar de ser una casa de una planta hecha de ladrillo, con dos cuartos y un pequeño jardín de helechos y plantas selváticas, compartía, para su suerte, una buganvilia con la casa de los adinerados vecinos que pendía hasta su jardín. Podríamos decir que era un detalle que, como un prendedor en un traje de tela barata, daba un aspecto colorido y bello a la casa. Algo de la composición entre el verde vivo de las plantas bestias en su jardín y la delicadeza de las flores la hacían una casa hermosa. Y como esa buganvilia de los vecinos, Nuria estaba acostumbrada a que sus padres le dieran lo que fuera a la hora que fuera para hacer su vida mejor, y aunque esta es una exageración, mucho tenía de cierto. La frustración de no poder quedar embarazada, de haber ido con los más reconocidos ginecobstetras, con amplios conocimientos teóricos sobre el cuerpo de las mujeres, la ponía en contra de su propio cuerpo. Y también la enfrentaba contra la vida tal como la había entendido hasta ese

48

momento: era la primera vez que Nuria Valencia no podía concretar algo que deseaba.

¿Por qué no estaba en sus manos? ¿Por qué no podía controlar el resultado que deseaba? ¿Por qué después de ese tratamiento de gas que la había hecho sentir los peores dolores físicos no había conseguido la recompensa que buscaba? ¿Por qué para tantas mujeres resultaba tan fácil quedar embarazadas, incluso de embarazos no deseados, mientras que para ella era imposible? ¿Era ella una mujer incompleta por no tener hijos? ¿Era una mujer defectuosa por no poder embarazarse? ¿A su cuerpo algo le faltaba? ¿Y acaso no podía formar una familia únicamente con dos integrantes, ella y su marido? ¿Por qué sentía que les faltaba algo? ¿Y por qué Martín había amenazado con dejarla si no tenían un hijo? Ahora todas esas preguntas que antes parecían haber estado escritas en piedra, Agustina las había desdibujado en la arena como una ola liviana, como un velo ligero de agua que borra las huellas. Y ahora que tenían a Agustina, ¿por qué a Martín le daba vergüenza que Agustina, quien llevaba ya sus dos apellidos y comenzaba a llamar «abuelos» a Gonzalo y a Carmela, fuera adoptada? Después de todo era su hija, ¿qué no? ¿De dónde salían esas ideas biologicistas de que los hijos son de sangre, de lo contrario, se pone en cuestión la paternidad y la maternidad? Y ya que estamos en estas —y si ya saben cómo me pongo para qué me invitan a la fiesta—, ¿por qué criar a una hija tiene dos palabras, dos significados tan distintos, como dos puertas, paternidad-maternidad, como las puertas de los baños públicos? ¿Qué es tan diferente de ser padre o ser madre al momento de la crianza? ¿Los roles impuestos? La realidad era que Nuria llevaba nueve años buscando embarazarse con Martín y para cuando Agustina apareció en sus vidas ella se sentía agradecida con Dios y, un poco más lejos, se sentía agradecida con la vida. Esa vida mundana, esa vida de todos los días, con Martín, sus padres y su hija, a veces tan parecidos los días uno de otro como repetidos en espejo, hastiadas las horas una con otra. Borrachas de tedio. Esa vida llena de cosas ordinarias, rutinarias, comunes y corrientes, esa vida que, por fortuna, era su propia vida.

La madre —vamos a decir «biológica»— de Agustina, se había visto obligada a dar a su hija en adopción debido a que tenía una enfermedad terminal, era madre soltera —qué le hacemos, así se dice, como si ser madre fuera un estado civil— y no tenía un círculo que pudiera acoger a su hija ante su inminente muerte. La enfermedad, sumada a una condición degenerativa que la aquejaba desde joven, la enfrentaba a una situación a contrarreloj. Cuando el médico que llevaba su caso en la clínica de Cuautla la había desahuciado, le contaba Nuria a Martín, la mujer no dudó en buscar a su amiga con la que había ido al colegio en Cuernavaca. Sabía que llevaba tiempo buscando quedar embarazada y quería proponerle la adopción y los cuidados de su hija de dos años. Sabía que nadie como Nuria y Martín para criar a su hija. Palabras más, palabras menos, se lo dijo desde la cama de la clínica en la que estuvo con vida unos cuantos días más.

Luego de algunos viajes en autobús entre Cuautla, la casa de sus padres en Cuernavaca y la Ciudad de México, Nuria, una noche, llegó a su casa con Martín y le dijo: «Es una niña divina de dos años y parece que será nuestra, una vez que mi amiga firme los papeles, quizás a fines de esta semana, pues su situación de salud es delicada, tal vez la próxima semana la tengamos con nosotros.» Y se sintió contenta. Se emocionó aún más al decirlo. Tal vez porque el dolor no es insoportable ni es eterno.

5

En una llamada reciente que había contestado Gloria Felipe, una voz femenina le informaba que había visto a su hija en Piedras Negras, Coahuila, en la puerta de una farmacia frente a la plaza, pidiendo limosna. Consuelo se quedó al cuidado de los niños, Gloria y Gustavo se trasladaron a la ciudad fronteriza junto con Rodríguez Guardiola, quien también habló con la mujer que contactó a Gloria. El día que llegaron no vieron nada, pero en la farmacia les dijeron que habían visto a una niña pidiendo limosna frente a la plaza. La descripción de la niña era vaga, podía ser cualquier niña, podía ser incluso la suya. Gloria Felipe quiso quedarse un día más, pero Rodríguez Guardiola debía regresar a labores en la comandancia y Gustavo no podía ausentarse más días del trabajo y, sobre todo, quería estar con sus hijos. Los extrañaba. Dormirlos por las noches, hablar con ellos, criarlos era parte importante de su día a día, cosa rara para su época. Gustavo trabajaba en Teléfonos de México, sí, pero pudo dedicarse a cualquier otra cosa de haber llegado accidentalmente a ella, como llegó a ser telégrafo. Pero el centro de su vida era ser padre, era lo que más le gustaba, estaba en su personalidad. Aunque esto le gustaba también a su esposa, en algunas ocasiones se había sentido celosa de la atención que su marido volcaba en sus hijos, por no mencionar que a ella misma le había hecho falta su propio padre y a veces se sentía desplazada en casa por sus propios hijos. Acordaron que Gloria se quedaría un día más y Gustavo regresaría con los niños.

No hubo esquina en la que Gloria no preguntara por su hija. Gustavo Miranda volvió a la ciudad por la noche,

Consuelo bajó en pijama con el mandil puesto, ya con el pelo suelto y ondulado de la trenza que se deshacía para acostarse, y era raro para ellos verla con el pelo así, había pasado pocas veces. Se enrolló el pelo en un chongo flojo como un reflejo pudoroso para decirle a su patrón que la señora Ana María había pasado esa noche y se había llevado a su casa a los niños. Gustavo fue allá. Le contó del viaje. Tres de sus hijos estaban ya dormidos en el cuarto que Ana María había dispuesto con dos literas para sus nietos hombres —tenía un cuarto aparte para su nieta con una cama individual—, y Luis estaba en la cocina, con la cocinera y otra trabajadora doméstica que le explicaban al niño cómo hacer tamales. Estaban los tres con masa en las manos llenando las hojas de maíz, entre el chisme y las risas. Luis estaba contento de ver a su papá mirándolo hacer tamales desde el marco de la puerta.

A la mañana siguiente, Ana María le llamó a su amiga y clienta, la esposa del director del periódico de mayor circulación, para pedirle que le hiciera el favor de volver a publicar el caso de su nieta. En realidad, en el periódico había interés; de hecho, era mayor el interés de los lectores y lectoras que las palancas que Ana María creía estar moviendo. Para entonces José Córdova llevaba el seguimiento de la noticia, así que, al siguiente día, los niños y jóvenes repartidores fueron multiplicando los periódicos en calles con un pequeño reportaje actualizando el caso, esta vez haciendo énfasis en la recompensa que Ana María había resuelto aumentar a 25.000 pesos. Se agitaron las aguas, la gente volvió a comentar el caso.

Las olas viajan con la perseverancia del viento. Tal vez ese sea también el lenguaje del viento con el agua. Y las olas, como las palabras, tan parecidas a las de alguien que busca afanosamente a otra persona hasta finalmente llegar a la costa. Así llegó la noticia a la vecindad en la que vivían Nuria Valencia y Martín Fernández, quienes tenían el radio guardado. Todos en casa, incluidos Gonzalo y Carmela, estaban consternados con los robos y secuestros de menores. La actualización de la noticia los alertó aún más. A últimas fechas habían robado a unas gemelas de once años que estaban patinando en un parque a plena luz del día. El caso de la niña Miranda Felipe les daba miedo, especialmente a Nuria. Apenas habían salido con Agustina en brazos, dormida y completamente tapada, y ahora no pensaban bajar la guardia. En casa de Martín y Nuria, como en muchas otras casas, estaban asustados con el caso de la niña Miranda Felipe. Actuaban las familias atenazadas por ese temor, cada una a su manera, sobreprotegiendo, prohibiendo, castigando, limitando las salidas de los hijos más pequeños.

Como suele pasar con los casos mediáticos: un solo caso es el que muestra un problema que tiene varios ejemplos, cientos de casos como ese que llevaban tiempo ocurriendo. ¿Por qué un caso se vuelve mediático y no el primero o cualquier otro? Podría decirse que la edad de Gloria Miranda Felipe provocó el escándalo, que el dinero que tenía su familia despuntó la nota, que la niña era linda y la foto en su cumpleaños era conmovedora; podría decirse que eso había despertado la empatía de la gente, una escena de cumpleaños que exponía lo vulnerable del caso, algo que a cualquiera podía pasarle, por eso o por las tres cosas juntas se había expandido la noticia, pero la realidad era que el caso no tenía nada de excepcional, era uno como tantos otros, así como las olas son tan parecidas una a la otra. Sin embargo, es una la ola que vemos, esa que rompe en la costa en blancos y el fúrico escándalo del agua estallando.

Una locutora en el radio, dedicada a temas del hogar, habló con la directora de una escuela. Comentaron el caso del robo de la pequeña Miranda Felipe. La directora mencionó que había habido una baja en la asistencia por el temor que tenían varios padres de familia. Habló del miedo colectivo y hablaron de los comentarios que ambas habían escuchado, una como educadora y madre de dos niños, y la otra como locutora de radio y madre de una niña.

En el periódico, donde había tenido primicia el caso, como marcando autoridad en el tema, habían recibido varias llamadas de la gente pidiendo actualizaciones y también varias llamadas con información falsa. La segunda vez que los medios volvieron a sacar la noticia, cinco semanas después del secuestro de la niña, el jefe de redacción pidió a Córdova que, a partir de ese momento, además de cubrir el caso, colaborara de manera directa con la comandancia del Servicio Secreto. José Córdova tenía dos lunares como colocados simétricamente, meticulosamente en cada mejilla, tenía ojos grandes de mirada alerta, tenía una uniceja poblada y orejas puntiagudas. Había empezado a perder el pelo a los 30 años, ahora tenía 38 y una personalidad sobria, tenía pocos amigos y una esposa llamada Brenda y dos hijos pequeños. Y había colaborado en otros casos con el comandante Rubén Darío Hernández del Servicio Secreto.

En casa de los Miranda Felipe, con Gloria de vuelta luego de no haber encontrado rastro de la niña en Coahuila, habían acordado que solo estaba autorizado a contestar el teléfono Beatriz o Tavo, el mayor, y tenía la tarea de anotar palabra por palabra en una libreta.

Uno de esos días timbró el teléfono a las cinco de la tarde. La primera vez que Tavo contestó el teléfono a las cinco de la tarde, no dijeron nada al otro lado de la línea, alguien respiraba pegado a la bocina, y Tavo apuntó la hora de llamada seguido de un «llamó el mudo». Al día siguiente, a las cinco de la tarde, contestó y volvió a anotar la hora de llamada y escribió al lado «llamó el mudo otra vez». Al día siguiente, Tavo miró el reloj a las cinco en punto de la tarde, hora a la que volvió a llamar una persona que respiraba al otro lado de la línea sin decir nada hasta que, contando cinco minutos con el minutero del reloj, se desesperó y colgó. Fue al cuarto día a las cinco de la tarde que le pidió a su madre que tomara esa llamada que estaba por timbrar en punto de las cinco de la tarde. Gloria Felipe le pidió a esa persona que respiraba al otro lado de la línea, con la boca pegada a la bocina, como amplificando su respiración al teléfono, que dijera algo, por favor, pero luego de escuchar algunas, demasiadas respiraciones, se desesperó y le colgó.

Gloria estaba medicada para la ansiedad, la depresión y para poder dormir, pero esa noche el insomnio la atacó. Aún más fuerte que el medicamento era la culpa que sentía por no haber sido paciente al teléfono, qué tal que la persona que llamaba todos los días a las cinco de la tarde tenía información importante respecto a su hija. ¿Qué tal que esa hora ya era en sí un mensaje? ¿Qué quería decir que llamara a esa hora? ¿Y cómo estaba su hija? ¿Le estaban haciendo daño? ¿Dónde carajos estaba su hija? ¿Por qué mierdas no estaba en su casa donde tenía que estar? Cuando llegaba a ese vórtice de miedo y náusea, como si el estómago se le encogiera de solo pensar en lo que podrían estarle haciendo a su hija en un país en el que robaban y secuestraban niñas y niños, con una policía sin recursos suficientes ni capacitación para llevar de vuelta a los menores, caía en remolinos. Se levantó de la cama para rezarle al Hijo de Dios que tenían colgado en una cruz en la sala. Rezó y rezó hasta que las rodillas se le helaron en el piso y fue por un vaso de agua a la cocina con las junturas del piso marcadas en las rodillas. Gloria creía en Dios más que antes del secuestro de su hija, no porque antes no creyera en Él, no porque ahora lo necesitara más, sino porque Dios parecía haberse ausentado por completo: haciéndose más presente que nunca.

Esa noche la señora Gloria Felipe de Miranda, de treinta y cinco años, con cuatro hijos dormidos en su casa, una hija secuestrada y un esposo que solía roncar al dormir, el sonido de uno que otro coche que se escuchaba pasar por la avenida Bucareli, como gallos anunciando la mañana en la ciudad, recargada en el marco de la puerta de la cocina, con su vaso de agua sin tomar, pensaba en quién carajos había llamado a las cinco de la tarde cuatro días seguidos para respirar pegándose la bocina del teléfono sin decir nada hasta que el otro colgara. Su hijo lo había llamado «el mudo». ¿Por qué no decía nada esa persona? O, ¿era esa nada un decir algo? Y así las preguntas la fueron encerrando. ¿Y qué quería decir nada, esa nada? ¿Esa nada de palabras? ¿Era tan grande esa enorme nada de palabras como la que ella sentía adentro?

Su número de teléfono era público, su dirección también se había hecho pública y esa mañana el primer timbre que sonó en el edificio fue el de su casa.

Josefina solía estar al pendiente de quienes entraban y salían y solía estar pendiente de las razones por las que alguien entraba o salía; además, era conocida como la Diosa del Chisme en la colonia, según les había contado Tavo a sus padres. A Gloria le gustaba ser discreta con Josefina, pero la realidad era que Josefina sabía mucho más de la vida de todos en el edificio La Mascota de lo que les habría gustado aceptar. Y si había alguien que estaba al tanto de los movimientos en la casa de los Miranda Felipe desde el robo o secuestro de la niña, era la administradora. Una vecina había dejado el departamento al siguiente día de los hechos. Casi todos los vecinos se habían presentado a lo largo de las semanas para ofrecer ayuda; una vecina de abajo le había ofrecido cuidar a sus hijos, pero Consuelo se hacía cargo de los niños, jugaba con ellos como una niña, apenas nada de lo que había podido hacer con su propia hija Alicia en Tlalpujahua. Tavo también había tomado el papel de hermano mayor de Consuelo, a veces como si la circunstancia lo hiciera hermano mayor de su propia madre. Gloria estaba en otro lugar. Sus hijos lo notaban, lo sentían. La mirada le había cambiado, su forma de estar había cambiado. Así estaba, con la mirada perdida esa mañana luego del insomnio de la noche anterior, pero la insistencia del timbre la regresó en ese momento al presente cuando descubrió el vaso lleno de agua encima del radio. En qué momento había dejado el vaso intacto encima del radio, cuando Josefina, la administradora, le dijo, desde el otro lado de la puerta, que había dos monjas que querían hablar con ella. Entraron las tres, Josefina y las monjas. La administradora miraba con atención a Gloria y a Tavo. La más alta de las monjas, una mujer muy alta de manos huesudas y largas falanges como varas secas, dijo con una voz grave, más grave que la de su marido Gustavo:

—En el convento escuchamos de su pena y estamos aquí para invitarla a nuestra capilla. Cuando quiera podemos orar juntas por su hija. En nuestra orden rezamos todas las mañanas a Dios Padre y a la Virgen de Guadalupe por su hija Gloria. Lo haremos hasta que aparezca su hija, señora Felipe.

Pero qué pasaba si alguien llamaba, si alguien tenía información que darle y ella estaba en la capilla del convento rezando con las monjas o si tenía que hacer un viaje o cualquier otra cosa relacionada a la búsqueda de su hija. La otra monja, de estatura baja con nariz redonduela y dedos como rellenos de merengue, algo decía sobre algún pasaje bíblico para darle consuelo. Cuando Gloria hizo la primera comunión, le había tocado leer en el catecismo unas partes inconexas del viejo y el nuevo testamento, aunque decir que lo leyó es mucho decir porque lo repetía como un loro, un loro religioso, ciertamente un loro que decía amén cada vez que los demás decían amén, y de golpe recordó la historia de Job como si se mirara en un espejo. Aunque, entrados en gastos, ¿no podía un loro repetir las frases de Job? Sabía que se ausentaba del presente con este tipo de preguntas. Gloria se hacía otras. Se acordó de Job por su desgracia. Pensaba, ¿por qué Dios es capaz de castigar así? ¿Por qué Dios la castigaba así a ella? ¿O es Dios, en realidad, Satanás? De la misma manera en la que el amor en su extremo es también odio, ¿no podía acaso el máximo bien ser, en realidad, el mal? ¿Por qué Dios Todopoderoso había permitido que su hija de dos años apenas cumplidos fuera arrebatada de su casa, de sus brazos, del seno materno, de ella, lejos de su pecho y ahora dos monjas estaban en su casa hablándole de la Biblia? ¿Y qué pasaría si su destino fuera el mismo que Job? ¿Si Dios probara su fe haciéndole un daño más terrible después de otro como a Job? ¿Acaso había un peor escenario? ¿No era el suyo ya el peor escenario? ¿El mal está contenido en el bien? ¿Satanás es Dios? Esta pregunta se le presentó como un rayo, la regresó al presente frente a las monjas, acaso para recordarle que sus pensamientos y su dolor no eran reconocidos por su entorno de la misma manera que la noche no reconoce al rayo ni a su estruendo. La monja de dedos redonduellos como rellenos de merengue movía las manos diciendo algo sobre unas oraciones y esos movimientos de manos parecían estar hablando de una receta sabrosa. Gloria agradeció las misas a las monjas, las buenas intenciones de las tres mujeres, despidiéndose así de ellas cuando Josefina les ofreció un vaso de agua que las monjas aceptaron. Consuelo tendía camas, Tavo sirvió agua a las mujeres de manos regordetas como rellenas de merengue y manos como varas secas y Gloria entró al baño. Se dio cuenta de lo demacrada que se veía, de lo mal que se sentía, como si el espejo le estuviera devolviendo una imagen de sí misma que no importaba que le disgustara, porque era peor lo que vivía: lo incómodo que era ser ella, ser eso de ahí, ese reflejo que le devolvía el espejo. ¿Quién era?

Su madre le decía que no podía abandonarse, que no debía descuidar su alimentación, sus horas de sueño, su higiene personal. Ana María había notado que su hija había bajado de peso y quería ayudarla, pero no sabía cómo. Ana María había ejercido su maternidad siendo proveedora. En el momento en que dejó atrás su vida con el español —al que no vamos a nombrar—, tomó ese rol. Primero con su hija y con su madre, luego con todas las personas con las

que trabajaba; por último, con todo aquel que se le acercaba, como era bien conocida en los restaurantes que frecuen-
taba por las generosas propinas que dejaba. Y esta situación
con su hija la confrontaba, por primera vez en su vida, con
su dificultad para dar afecto físico. Un abrazo, por ejemplo.
Una llamada sin mirar el reloj, por ejemplo. Tiempo para
estar con su hija sin hacer nada, por ejemplo. En cambio,
le regaló a su hija un par de vestidos de diario más enta-
llados para que, con los kilos que había perdido, se viera
mejor. También le pareció buena idea regalarle un perfume
francés y maquillaje. Un lápiz labial rojo podía, quizá, regresarle algo de seguridad a su hija. Sobra decir que Gloria
metió el maquillaje y el perfume aún cerrado en un cajón
del baño. Y los vestidos los usó de la misma manera que
usaba su cuerpo: ahí estaban las cosas, su cuerpo y los vestidos, y, bueno, a las cosas había que usarlas. En su casa y
fuera de su casa, su cuerpo y las cosas tenían que interac-
tuar con otras cosas y otros cuerpos. Qué hacerle.

El 20 de marzo de 1946 llegó un mensaje anónimo a
casa de los Miranda Felipe junto con uno de los zapatitos
que la niña llevaba aquel día. En el mensaje se describía
la esquina en el Centro Histórico donde una tamalera todas las mañanas, de 5:00 am a 10:00 am, vendía tamales
verdes, dulces y atole. Era una esquina muy concurrida y
desde antes de que salieran los primeros rayos del sol, había una larga fila esperando. Esa mujer, decía el mensaje,
tendría dos ollas vaporeras en el piso: en una estaría la información para encontrar a la niña Gloria Miranda Felipe
y la otra estaría vacía. La señora Felipe había pasado la noche entera aferrada al zapatito de su hija. Notó que tenía
una mancha. No alcanzaba a distinguir si era grasa, sangre
o qué, así que lamió la mancha. No le supo a hierro, estaba
casi segura de que aquello no era sangre. Rezó con el zapato en una mano como si fuera un rosario que le daba la
esperanza y, al mismo tiempo, la señal de que su hija estaba
viva. El zapatito no olía a un zapato recién usado, cosa que

le calaba el alma. ¿Hacía cuánto tiempo que le habían quitado esos zapatos a su hija? ¿Cómo se había manchado los zapatos? Cualquier pregunta la lastimaba en el mismo lugar. A la hora acordada iría de la mano de su hijo más pequeño, el mensaje lo especificaba así, con la cantidad de 25.000 pesos en billetes chicos y sin marcar en la olla vaporera vacía. Debían transcurrir 24 horas para que pudieran ir en busca de su hija a la dirección especificada, eso les daría tiempo suficiente para revisar que los billetes estuvieran completos y sin marcar; de lo contrario, decía el mensaje, en máquina de escribir: «no rezpondemos por la vida de su hija.» La cita era al siguiente día a las 6:30 am.

Siguiendo las instrucciones de Rubén Darío, como habían hecho anteriormente, entregarían poco dinero y una mayoría de papeles y recortes de periódicos para hacer parecer que la cifra estaba completa.

Rubén Darío y José Córdova miraban la escena desde la otra esquina donde los tamales. El periodista era de las pocas personas que lo llamaba Hernández, como casi nadie lo llamaba. Hablaban y fumaban su primer cigarro de la mañana. A Hernández se le antojó un tamal y un atole, era realmente larga la cola y eso parecía afirmarle que eran muy buenos. Hablaron sobre los lugares concurridos, las filas largas que son garantía de lo buena que suele ser la comida, pero estaban en funciones, dijo Hernández, y no podían comprar tamales. No quería quedar mal con Córdova, quien no parecía nunca pensar en comida, y cambiaron de conversación mientras miraban a la señora Felipe que se veía nerviosa y siguiendo la orden, de la mano de su hijo Carlos.

En la fila, Carlos le quería hacer plática a su mamá, pero ella no le hacía caso. La mente de Gloria estaba lejos de su hijo que tenía tomado de la mano. El niño trató de llamar la atención de su madre hasta que lo consiguió, diciéndole: «¿Y si me roban a mí me haces caso, mami? ¿También quieres que me roben a mí? Yo quiero que me roben para que me hagas caso, mami.»

Gloria debía decirle una clave sencilla a la tamalera para que además de entregarle dos tamales, uno verde y otro dulce, le entregara las ollas vaporeras que estaban a un costado suyo, en el piso, tal como lo indicaba el mensaje anónimo. Después de que la tamalera entregara los tamales a Gloria, le preguntó si necesitaba ayuda para cargar las ollas cuando el comandante la detuvo. Por órdenes de Hernández, la tamalera entregó la olla vaporera con la información al periodista a quien le pareció raro que pesara tanto una olla de tamales que solo tenía información dentro, quizá papeles con piedras, mientras la tamalera confesaba a Hernández que un señor le había dado las ollas para entregar a las 6:30 am a una señora con un niño de cinco años que le pediría dos desayunos especiales y le había dado doscientos pesos a cambio de eso. La gente en la fila se había dispersado, comentaban lo que ocurría, pero la mayoría se quedó cerca esperando a que el policía dejara libre a la tamalera y pudiera volver a despachar.

Rubén Darío Hernández y José Córdova dejaron a la señora Felipe y a su hijo Carlos en la puerta de su edificio cuando el periodista le confesó que le parecía extraño que la olla pesara tanto. Vamos a abrirla, le dijo Hernández, vamos al terreno baldío de allá. Abrieron la olla vaporera en el descampado y encontraron explosivos de los que se usaban para pescar en los ríos de la Ciudad de México, ahora, después de tantos años, convertidos todos en calles secas y avenidas percudidas por la contaminación. Desde cierta distancia, ambos miraron la explosión de la olla en el terreno baldío, el periodista dimensionó el caso al mirar la olla explotar y le dijo a Hernández: «Varias de estas chingaderas que les han hecho han sido malas, una más ingeniosa que la otra para quedarse con el dinero, pero esta es la peor, mira que buscar hacerles daño con esta chingadera a los padres de una niña secuestrada, eso ya lo dice, no hay límites.» El aparente ilimitado mal, mas nunca infinito.

6

Tan solo la última semana de marzo de 1946, en el norte del país, tres menores de edad habían sido secuestrados de manera similar a Gloria Miranda Felipe. En distintos estados habían robado a un recién nacido, una niña de tres años y un niño de cinco. Estas noticias alteraban a Nuria Valencia que ya era aprensiva antes de tener a Agustina, pero para entonces sus niveles de ansiedad estaban por las nubes. La buena noticia era que Agustina, esa mañana, había comenzado a llamarles abuelitos a los padres de Nuria, a quienes antes llamaba por sus nombres de pila y en ocasiones les decía abuelos, pero el diminutivo les había conmovido.

Martín Fernández trabajaba en la oficina de uno de los cines en el Centro. No le interesaban las películas. Antes de trabajar en el cine trabajaba como gerente de piso en un supermercado en el que le hubiera gustado ascender, pero la plaza en el cine se abrió, vio el anuncio en el periódico y juzgó conveniente el cambio. No era una diferencia sustancial en el sueldo, pero ese dinero extra le venía bien, más ahora para sostener, junto con Nuria, a su familia. Agustina Mendía, la madre de Martín, vivía en Xochimilco, entonces las afueras de la ciudad, pero tenían una relación cercana y, pese a la distancia, se veían con frecuencia. Martín pensaba que su madre era la mejor cocinera que había pisado la Tierra y solía hacer comentarios sobre su sazón comparándola con la de Nuria. Estaría bien que mi mamá te diera unas clases de cocina, le dijo una vez a Nuria cuando se le quemó un flan.

Nuria Valencia trabajaba la jornada completa como secretaria de un doctor en el Hospital General. Mejor dicho, el famoso cardiólogo del Hospital General. Sería mejor no andar soltando esa palabra así como así, pero así era, su jefe era un famoso doctor, respetado por el gremio médico, político y era bien conocido en sociedad. Recibía invitaciones a conferencias en universidades de México y el extranjero. Era parte del Consejo de Salud General, una instancia vinculada con la Presidencia y tenía la facultad de dictar disposiciones sanitarias para todo el país en un sexenio de desarrollo y esplendor. Solía estar invitado a las cenas y galas de las altas esferas de la política, también estaba vinculado con Salubridad y Asistencia, tenía una cátedra de cardiología en la universidad pública, colaboraba en casos especiales en el Hospital Infantil de México; tenía su consultorio en el Hospital General de México, una asistente personal que llevaba su agenda política y social, Constanza, la compañera de Nuria, y una secretaria particular para los asuntos médicos en el hospital. Ese era el cargo que Nuria tenía desde hacía ya varios años. Su primer y único trabajo.

El consultorio del cardiólogo era un resumen de su personalidad: a la entrada tenía una amplia estancia con una báscula de pie, unos gabinetes metálicos pintados con esmalte beige con herramientas de trabajo y material médico, una camilla forrada en cuero negro y varias ilustraciones clásicas para estudio del cuerpo humano y del corazón. Desde el punto de vista de los pacientes, desde esa camilla o desde la silla reclinable que tenía también para revisión, se podía mirar el despliegue de diplomas, reconocimientos y premios dispuestos en un gran semicírculo que lo hacían parecer el plumaje de un pavorreal. Al fondo a la derecha del consultorio había un pasillo que daba a su escritorio y era como una versión condensada de su casa: fotos de su familia, él con su mujer y sus hijas, las bodas de sus dos hijas, en ambas fotos sin sus yernos, solo él con ellas en sus respectivas bodas. Un retrato pintado a mano, él con su mujer y sus hijas cuando eran pequeñas. Tenía unas plantitas de escritorio a las que su esposa les había puesto unos platitos y unas carpetitas para que el agua no dañara la madera. Era casi como entrar a la sala de su casa. Y así parecía estar dividido el cardiólogo entre su vida pública y su vida privada, como con una frontera, una línea divisoria más bien espacial, que finalmente eran el mismo espacio en el que transitaba de ida y vuelta todo el tiempo. Con su asistente y su secretaria era respetuoso, estaba al tanto de sus vidas familiares y ese era un rasgo de su carácter y de su buena memoria: retomaba conversaciones con gente que no veía hace tiempo y las continuaba en el mismo punto en el que habían quedado, como si tuviera varios tableros de ajedrez cuyas piezas él sabía exactamente dónde estaban y por qué estaban ahí. Tenía buena memoria. Recordaba las movidas anteriores, le interesaba la vida familiar de las personas —él era un hombre de familia— y eso, además de infundir respeto, le hacía una persona querida. Con las personas de intendencia en el hospital con las que solía encontrarse en su consultorio, en los pasillos o en los quirófanos, también lo hacía. Les preguntaba por sus hijos, por sus parejas, esposos, esposas, preguntaba por lo último que le habían contado y, con el poder que tenía, había ayudado a varias, a muchas personas a su alrededor a lo largo de los años. Incluso, décadas después, en el funeral del muy querido cardiólogo, la sala se llenaría de políticos, gente en el servicio público, colegas, amigos del hospital, pero, sobre todo, de mucha de la gente con trabajos de base a los que ayudó de mil y un maneras con gestos pequeños como la señora de intendencia que no logró entrar al velorio, agradecida por el dinero que el doctor le había dado para pagar los útiles de su hijo para que pudiera entrar a estudiar.

Nuria le había contado al cardiólogo sobre su deseo de ser madre. Él la remitió a los especialistas más destacados en ginecobstetricia. Gracias al trabajo de Nuria con él, le fue más fácil acceder a la Casa de Cuna. Los trámites eran imposibles y parecían estar hechos para que ningún matrimonio pudiera adoptar jamás. Dada a su edad —34 años en ese momento—, estaba ya «muy mayor», como le habían dicho, para adoptar un bebé recién nacido y otras parejas más jóvenes tenían prioridad, pero había un programa en las Casas de Cuna al que pudo acceder en parte por sus prestaciones en el Servicio de Salud y en parte porque cumplía con los requisitos para ofrecer una mejor calidad de vida a los huérfanos durante algunos días en algunas casas seleccionadas por el consejo directivo de la Casa de Cuna. En otras palabras —ustedes perdonen si me enredo—, los niños podían pasar tiempo con ciertas familias fuera de la Casa de Cuna.

A Nuria Valencia, una tarde de otoño, un año y cacho antes de tener finalmente a Agustina, le permitieron pasar un fin de semana con un menor de edad llamado Efraín que tenía ocho años. Y si todo iba como lo acordado con la Casa de Cuna, Martín y ella podrían pasar otros fines de semana con Efraín.

Efraín no sabía nada de sus padres, vamos a llamar biológicos. La única cosa que conservaba desde bebé era una cadenita de plata con una medalla redonda y pequeña con la Virgen de Guadalupe que tal vez le había puesto su madre, su padre, sus abuelos, una monja o una enfermera, no lo sabía. Nadie había podido decirle y había crecido con esa cadenita como si fuera una extensión de su cuerpo, aferrándose a lo único que tenía del pasado, esperando, quizás, que alguien en algún futuro le dijera quién se la había dado, resolviendo así el misterio de su origen. Los primeros recuerdos que tenía eran en la Casa de Cuna, las pesadillas y los sueños habían tenido lugar durmiendo en la cama individual de base metálica en el amplio dormitorio compartido, en el que había menores de edad hasta de doce años y en la mayoría de sus sueños, la Casa de Cuna era su casa, su hogar, aunque había un par en los que la Casa de Cuna era una casa-casa, no una institución y en un par de sueños en los que era como una tienda en la que a él no se lo llevaban, como quien deja unas guayabas demasiado magulladas, demasiado maduras, desgarrándose en pulpa. La razón por la que eso había pasado no en sus sueños sino en la realidad, le decían las monjas de la Casa de Cuna, en las dos ocasiones en las que habían hablado del tema, era que a los menores que llegaban ya grandes, la gente no solía quererlos y él había llegado allí de tres años. Efraín no tenía un solo recuerdo antes de la Casa de Cuna. La gran mayoría de matrimonios querían bebés recién nacidos y esos eran los que salían rápido, en cuestión de semanas, o meses si algún trámite jurídico quedaba pendiente.

Efraín tenía estrabismo, incontinencia y dos tics que le refirió una monja a Nuria Valencia antes de que lo conociera en persona: de pronto le tiemblan las rodillas si tiene miedo y se muerde los labios inferiores, puede hacerlo incluso hasta que le sangren. A Martín no le gustó la idea de que Efraín se quedara con ellos un fin de semana, no le gustaba la idea en general, pero qué podía hacer, a final de cuentas era lo más parecido que podían aspirar a ser padres, además de que Nuria le había asegurado que ese sería un paso más hacia la adopción. Nos da puntos en el Consejo Directivo, le dijo a su esposo, mientras comía un perón verde, crujiente como un nuevo capítulo.

La noche que Efraín llegó a casa de Nuria y Martín se atragantó con pan dulce y chocolate caliente. A las 2:40 am se levantó a vomitar. No alcanzó a abrir la puerta del baño y cuando Nuria le contó a Martín, rezongó entre sueños y no se levantó. Nuria llevó al niño a la cocina y le explicó por qué le había pasado eso, le dio un té de manzanilla con anís y un par de cucharadas de agua con bicarbonato que el niño pudo retener sin vomitar. En la cama, le contó un cuento mientras le acariciaba el pelo y antes de que el niño cayera dormido, le dijo que, si volvía a sentirse mal, la despertara. Efraín estaba quedándose en la habitación que Nuria tenía reservada para sus padres cuando iban a visitarlos o para la madre de Martín cuando no quería volver tarde a su casa en Xochimilco.

Esa noche a Nuria le costó trabajo dormir y en su insomnio pensaba en lo tanto que había deseado ser madre, en lo tanto que lo había idealizado y la primera noche que pasaba con un niño en su casa ese niño vomitaba el piso de madera y hasta había manchado la puerta del único baño de la casa. ¿No era esa la vida misma? ¿No era eso también la maternidad? Despertarse a la mitad de la noche a limpiar vómitos para que no se impregnara el olor en la duela, tranquilizar al niño, darle algo para asentar la panza, velar su sueño hasta que volviera a caer dormido. Después de todo, pensaba Nuria, es hermoso cuidar a alguien y, la escena que para su esposo había sido desafortunada, para ella eran las mieles de lo que durante tanto tiempo había querido y le había parecido imposible; estaba sumida en estos pensamientos cuando su esposo se despertó para preguntarle si había limpiado «el desorden del niño». Por qué Martín marcaba esa línea, por qué estaba enojado, se preguntaba Nuria, pero en vez de preguntarle, fue conciliadora y cariñosa con su marido.

Efraín, le parecía a Nuria, era un niño triste y hermoso, y cómo le habría gustado quedárselo, no solo ese sábado o ese fin de semana, sino toda la vida para quitarle lo triste y mostrarle, como con un espejo, todo lo hermoso que veía en él. El amor, pensaba Nuria, lo arregla todo. Y en pensamientos suaves, diáfanos, cambiantes de forma como las nubes, cayó dormida. Por la mañana, el niño los llamaba señora y señor, y cuánto le hubiera gustado a Nuria que les llamara papá y mamá, pero no había manera de establecer eso. Llámanos por nuestros nombres, le pidió Nuria a Efraín, quien lo intentó, pero le empezaron a temblar las piernas. Cuando el niño estaba en el baño, Martín le preguntó a Nuria en voz baja qué tenía en los ojos, si tenía remedio. Mientras le describía el informe que le dieron de Efraín, esa pregunta germinó bajo tierra en Nuria, como en cámara rápida, hasta el nacimiento de una sencilla flor de cinco pétalos, y pensó en hablar con su jefe para ayudar a corregir el estrabismo del niño en el Hospital Infantil.

La segunda noche el niño se orinó en la cama y Nuria remojó las sábanas y el cobertor en agua y jabón, dejándole claro que no había ningún problema y que lo importante era que dejara de pasarle porque limpiar sábanas y cobijas no era nada al lado de que se sintiera seguro. La verdad es que el niño se sentía cómodo en la presencia de Nuria, pero incómodo con Martín, y su lenguaje corporal era transparente. Esa noche, a Nuria se le ocurrió preguntarle al niño qué anhelaba ser de grande. A Efraín nunca nadie le había preguntado eso, parecía que su destino en la Casa de Cuna era siempre ser huérfano, que de grande se dedicaría igual a ser huérfano y aunque formase una familia siempre sería huérfano; sin embargo, tuvo una respuesta espontánea y sincera: «Quiero ser futbolista para que la gente grite mi nombre.»

La tarde del domingo, Martín propuso una caminata en el Zócalo, por las calles del Centro, y los invitó a cenar churros. Efraín tomó la mano de Martín para cruzar una avenida y ese pequeño gesto lo desarmó y fue amable con el niño a partir de entonces y en la churrería parecía haber cambiado de idea con respecto a él. Al probar los churros por primera vez, el niño le dijo a Nuria que esa era la noche más feliz de su vida y Martín no supo qué hacer con eso, como si le hubieran dado un paquete demasiado grande, demasiado pesado, demasiado todo para cargarlo y tuviera que dejarlo en medio del merendero, aunque adentro hubiera un regalo para él.

La tercera noche, Nuria decidió acompañar al niño hasta que cayera dormido leyéndole cuentos de un libro de Literatura Universal —de escritores europeos, todos ellos hombres blancos con narradores parecidos a ellos aunque, por suerte, ahora hay más variedad en puestos como el mío, por si alguien por ahí le interesa—. Ambos estaban emocionados, alegres una leyendo y el otro escuchando. Pasaron estirando el tiempo, leyendo hasta pasadas las once de la noche. Efraín le hacía preguntas obvias, como rebotando una pelota por el puro gusto de hacerlo, pedía más cuentos hasta que pasadas las doce Efraín cayó rendido. Nuria también estaba cansada, pero se sentía feliz de ver la silueta del niño en la cama que tenían en el cuarto de invitados, que llevaba años imaginando para su propio hijo. Por fin una silueta pequeña, tibia, con un olor a sábanas limpias, la pijama que Nuria compró para el niño el mismo viernes que pasó por él a la Casa de Cuna. Al acostarse al lado de su esposo dormido, sintió una enorme ola de tristeza que la revolcó de súbito en un llanto silencioso como la brisa nocturna que nadie nota. Le había dolido que Efraín, mirándola con su estrabismo, soñara con ser futbolista tal vez buscando que sus propios padres lo reconocieran en la cima de la fama. Buscando tal vez que si sus padres no lo habían querido, la gente lo quisiera. Esa noche Nuria se tranquilizó rezando un avemaría, que era la oración con la que su madre solía cobijarla.

La mañana del lunes fue triste para los dos. Efraín se había sentido cuidado y querido por Nuria. De haber estado en sus manos se habría quedado a vivir allí y eso hubiera hecho muy feliz a Nuria, quizás a Martín le habría incomodado al principio, pero habría terminado aceptándolo, queriéndolo, a Efraín le habría tomado mucho tiempo ganar confianza. En todo caso, no era el camino de ninguno de los tres, y como si eso lo intuyeran los tres pero lo desearan cada uno a su manera, fue una despedida melancólica especialmente para Nuria y Efraín. Los dos en igual medida abrían una herida que los hermanaba más que relacionarlos como madre e hijo, pues acaso compartir un dolor hondo con alguien, al contrario de jerarquizar, sobre todo, hermana. De ahí, Nuria se fue a las oficinas del consultorio en el Hospital General y de camino pensó en hablar con su jefe, quizás él podía ayudar a que le corrigieran el estrabismo a Efraín en el Hospital Infantil.

Constanza tenía diez años menos que Nuria y un bebé de dos años y medio al que todas las mañanas dejaba en una guardería cerca del Hospital General. No tenía pareja. Se había acostado tres veces con un estudiante de medicina que hacía su servicio social. La tarde que se embarazó en un cuarto de servicio del hospital, ella estaba vestida. Él se bajó los pantalones, Constanza escuchó unas monedas que caían al piso y se acordaría más del sonido de las monedas al caer que de lo que sintió. Ella se subió la falda, él le bajó los calzones, no se besaron en la boca, cogieron tres o cuatro minutos y él no volvió a buscarla. Fue el acabose, la deshonra de la familia, pero terminaron por aceptarlo en su casa y su madre decía que su cruz por ser madre soltera era trabajar el resto de su vida, como una condena. Constanza hablaba a menudo de su hijo como una carga, pero a veces a Nuria le incomodaba que lo que ella tanto deseaba fuera una carga para la persona con la que convivía todos los días.

Nuria estaba acostumbrada ya a sentirse sin silla en el juego de las sillas: mientras todos y todas bailaban alrededor con los respaldos encontrados entre sí, esperando el instante en que parara la música para sentarse en su lugar, ella miraba desde una esquina, sabiéndose sin lugar en el juego. Constanza le comentaba a veces cosas como «qué bueno que no tienes hijos, así puedes descansar los fines de semana», o se quejaba de que sus padres no querían cuidárselo cuando ella quería ir a algún convivio o si la invitaban a un festejo, o se quejaba simplemente de algo relacionado con su hijo propinándole casi siempre las ventajas de no tener hijos, pero Nuria era reservada con su compañera de trabajo, hablaba poco o nada de su vida personal, y durante mucho tiempo Constanza pensó que Nuria era una mujer soltera. Se imaginaba que vivía y cuidaba de su madre mayor, que también se imaginaba sola, viuda, cuando, para su sorpresa, su esposo un día le llamó a la oficina mientras estaba en el baño, y ella misma le pasó el recado comentándole que no sabía que estaba casada. Bien guardadito te tenías el secreto, le dijo sin despegar las manos ni la mirada de la máquina de escribir, ocultando la envidia que sentía porque Nuria tenía lo que ella quería, un hombre a quien llamar esposo. Esa palabra que parecía la misma nieve, imposible en su realidad chilanga, lejana, lejanísimo paisaje feliz y navideño, uno que quizá nunca le tocaría vivir, menos con un hijo de quiensabequién.

El doctor no había podido ir a la boda de Martín y Nuria, pero les había dado uno de los regalos más espléndidos que recibieron. Una vajilla pintada a mano. Ella no solía hablar de su vida personal. El doctor había ido leyendo signos, conocía sus deseos sin que ella se los expresara explícitamente. Alguna vez la vio relacionándose con un niño pequeño en el pasillo. Alguna vez la vio leyendo una publicación sobre madres e hijos. Alguna vez había notado un gesto cuando Constanza había mencionado a su hijo pequeño. Una serie de momentos brevísimos que se fueron sumando como en clave morse revelándole finalmente un mensaje. El doctor le dijo que si alguna vez pensaba tener hijos quizá podría remitirla con algún colega especialista, y ese comentario fue para Nuria una puerta que nunca había pensado abrir, pero ya que se mostraba abierta, sabía que era enorme. Nuria se animó a externarle sus deseos a su jefe. Le tenía confianza y el fin de semana que tuvieron a Efraín encontró un momento para contarle que el niño tenía estrabismo y que quizá, si eso podía arreglarse, le daría al niño oportunidades de que lo adoptaran a esa edad en la que no solían, de por sí, adoptar a los niños. El cardiólogo no dudó un segundo, le dijo que, por supuesto, que probablemente con una cirugía sencilla podrían corregir el estrabismo y se comprometió a respaldar al niño durante el proceso médico y burocrático en la Casa de Cuna, que fue una forma de apoyar el deseo de Nuria, pues para él la familia era el *axis mundi*.

Esa misma tarde Nuria regresó a la Casa de Cuna y habló con la misma monja que le había dado el informe de Efraín. Dios los bendiga, le dijo, y le preguntó si ella misma quería decirle a Efraín lo que pasaría. Los días de convalecencia de Efraín luego de la operación, los pasó en casa de Nuria y Martín. Martín estaba impresionado de lo rápido que había pasado todo y estaba contento de que Efraín estuviera en su casa. Un día llegó del cine con un caleidoscopio para Efraín. Para que estrenes tus ojos, le dijo, y además le llevó una bolsa de churros de los que le habían gustado.

Las primeras noches que pasó en casa su hija Agustina, Nuria sintió un inmenso amor que parecía expandirse y, en el acto, expandirla. No podía ni quería verbalizarlo. Se sentía como borracha de amor. Y ese sentir era suficiente. A pesar de que hacía tantos años había sido novia de Martín, el enamoramiento que sentía por su situación parecía ser mayor, parecía haberse completado, redondeado. Un círculo, como el sol. Las primeras noches las pasaba acariciando los brazos de Agustina hasta dormirla, acariciándole la frente hasta dormirla y ese sencillo acto la llenaba como una copa pequeña que, con poca, poquísima agua se desbordaba. La tercera noche que Agustina pasó en casa, donde rápidamente habían acondicionado el cuarto de visitas para que fuera el cuarto de la niña, una vez que estaba dormida, Nuria la pasó oliendo su pelo. Olía un poco a leche, un poco a jabón, un poco a colonia de flores de azahar y todo en combinación, la misma luz prendida en la lamparita de noche, como si la luz cálida emanara el mismo olor también suave de su hija, la silueta de Agustina, más pequeña que la de Efraín, la habían reconciliado con ese momento de tristeza que había sentido la última noche que Efraín durmió allí cuando lo operaron de los ojos, teniendo presente que eso era lo que le tocaba hacer

73

por el niño y allí se cerraba ese ciclo, y ver a Agustina allí, en esa misma cama, ahora la cama de su hija, esa noche, le agradecía a Dios por haberle dado esa oportunidad. Se sentía feliz. Cómo podía ser posible tanta felicidad, tanto amor, se preguntaba, como borracha de la vida común y corriente que tenía, nada más mirando a su hija dormir. Nuria hacía las paces con su pasado; sin embargo, el contexto, la cantidad de robos y secuestros de niñas y niños le despertaban una angustia que a la par de su amor crecía día a día. Tal vez porque el amor de temor está lleno. No son elementos distintos el amor y el temor, al contrario, son como dos fuegos, uno duplica al otro. Y si el amor de temor está lleno, ¿qué hacer con el reiterado fuego?

7

Tres meses después del secuestro de la niña, Josefina, la administradora del edificio, tocó la puerta de casa de los Miranda Felipe con una nota en la mano. Le abrió Gustavo Miranda. Josefina algo le dijo sobre algún rumor que había escuchado quien sabe dónde, parecía que tenía que ver con su hija. Gustavo mientras le cerraba la puerta, empezó a leer: «Padres de Gloria Miranda, tenemos a su hija. No se preocupen, la tenemos cuidada y bien alimentada. Esta vez si no le dicen a los policías que vayan al rescate, la pueden recuperar. Alguno de los dos lleve tres girasoles en la mano a la Catedral, si yo o alguno de nosotros vemos a los policías, den por muerta a su hija. Si me entregan una caja de cartón con treinta mil pesos, dos horas más tarde les llegará a su casa, igual que esta carta mecanografiada, la dirección y la hora en la que podrán recoger a su hija para que vuelva con ustedes. Si siguen fielmente estas instrucciones, volverá con ustedes su hija.» Gustavo, antes de salir a su oficina, cuando aún su esposa dormía y sus hijos desayunaban avena con azúcar que había hecho Consuelo y platanitos que les había picado Tavo, habló con su suegra Ana María, quien ya estaba trabajando en su taller. Después llamó al comandante Rubén Darío a su número particular.

Hernández tomó la llamada sosteniendo la bocina entre el hombro y la oreja, comiendo un tamal con una mano, con la otra mano le ponía azúcar a una taza de café y, escuchando a Gustavo, a esa hora de la mañana, su camisa ya ganaba las primeras gotas de café con su primer trago. Hernández no cambiaba las instrucciones: el dinero debía entregarse parcialmente, nunca los 30.000 pesos y era importante dar con las pistas para llegar a los secuestradores. Ana María también habló con Hernández. Estaba dispuesta a repartir cuanto dinero fuera necesario para recuperar a su nieta, y le tomó minuto y medio para reunir el dinero y ofrecerle una mordida a Hernández, que hizo una broma que no le dejó claro a Ana María si aceptaba o no la mordida.

Ana María Felipe había perdido un embarazo gemelar. El español —al que no vamos a nombrar— la encerró en el cuarto de azotea luego de golpearla, y en ese cuarto la pateó y salió encabronado, insultándola, maldiciéndola y maldiciendo el momento en el que había quedado embarazada por segunda vez. Ana María veía cómo se iba desangrando. Estaba encerrada en ese cuarto de azotea y el mundo se le encogió de ese tamaño. Sintió cómo iba perdiendo el embarazo, lo sentía y lo veía, sabía que estaba perdiendo su embarazo. Sus gritos se convirtieron en aullidos, eclipsaban cualquier ruido de la calle. Una vecina llegó alertada, pensado que estaban matando a un animal, se dio cuenta de que eran alaridos de dolor de Ana María, rompió un vidrio cubriéndose el puño con una toalla y la sacó de allí. La llevó a la clínica donde la restablecieron. Ana María perdió un embarazo gemelar en un cuarto de azotea, enterándose en el acto de que eran dos los niños que tenía en el vientre mientras su hija Gloria, de entonces cinco años, estaba en un cuarto donde el español —al que no vamos a nombrar— la había encerrado. La vecina había llevado a la niña con su marido y sus hijos. Al siguiente día el aún marido de Ana María seguía bebiendo, borracho, solo él sabe dónde, mientras la vecina cuidaba de Ana María en su recuperación en la clínica, una vecina con la que Ana María estaría agradecida como con nadie, pero que le fue imposible frecuentar y pronto dejó de verla porque ella le simbolizaba el peor día de su vida. En todo caso, en lo poco que había logrado dormir en el cuarto de la clínica con ayuda de unos analgésicos intravenosos, había soñado exactamente cómo había perdido a los gemelos en ese cuarto de azotea: el sueño y la realidad eran un insoportable espejo.

¿Cómo habría manera de que se permitiera ver a su hija perder a su nieta, cuando ella misma perdió a sus gemelos? No había manera. Estaba dispuesta a todo. Tenía recursos limitados; sin embargo, eran ilimitados para encontrar a su única nieta, la única que había heredado sus lunares en los brazos, hombros y espalda como ella, como una constelación que solo ellas dos tenían, acaso como gemelas que habían nacido con décadas de diferencia. O quizá como si incluso Ana María tuviera que rescatarse a sí misma de niña, evitándole a su nieta ese destino espinoso que a ella le había tocado caminar descalza. Ana María de niña era tan idéntica a su nieta Gloria que, de haber estado en el mismo tiempo y espacio, con la misma edad ambas, no habrían podido haberlas distinguido una de la otra. Y eso lo supo desde el día que la cargó por primera vez. Qué extraña jugada le hacía la vida. Había perdido a sus gemelos a los veintiocho años, pero a los casi sesenta le daba una nieta idéntica a ella, una gemela suya. No había manera de que Ana María Felipe fuera a permitir que una bebé, otra bebé, hija de su hija, su única nieta se perdiera en su cara como le había pasado ya en el piso de ese cuarto de azotea.

Ana María Felipe encargó a Beatriz que se hiciera cargo de atender a sus clientas esa mañana y fue a hablar directamente con el comandante Rubén Darío al Departamento del Servicio Secreto. Fue directa con el soborno para que no dejara pasar más tiempo, le pidió que no le dijera a su hija ni a su yerno. Estaba harta de dar pequeñas cantidades a extorsionadores que no los llevaban a encontrar a su nieta. Necesitaba ser proactiva, mover los hilos para que encontraran a su nieta. Ponga a alguien de tiempo completo en esta oficina para llevar el caso de mi nieta, le dijo a Hernández, con los labios pintados de rojo carmesí. ¿Acaso ellos se estaban beneficiando en la demora de ese rescate? Más valía que no. Rubén Darío Hernández le respondió a la señora que tenían otros casos también por atender, todos igual de importantes y que él mismo llevaba el caso de su nieta. ¿Cuánto dinero quiere usted para darle prioridad a mi nieta, para que la encuentren de una vez por todas?, insistió Ana María, que miraba las manchas de café en la camisa antes que al agente del Servicio Secreto. Usted sabe que este es un caso que inquieta a los medios —siguió Ana María—, y les conviene resolverlo lo antes posible. No me tiene que responder ahora, ya sabe adónde llamarme, piénselo, deme una cifra, la que quiera, mientras tanto aquí tiene 3.000 pesos para que compre los girasoles más caros de esta ciudad, pero escúcheme bien, Hernández, quiero que me vea a los ojos y me escuche bien, Rubén Darío Hernández, usted me va a entregar a mi nieta. Ana María salió dejando una estela de un muy denso perfume francés.

El Dos Poemas habló con su jefe para saber si le autorizaban que Rodríguez Guardiola cubriera de tiempo completo el caso de la niña Gloria Miranda Felipe, cosa que su jefe negó sin terminar de escucharlo. Se vio con el periodista José Córdova y le pidió ayuda con la investigación. Colabórame, fue la palabra que usó mientras comía su segundo desayuno, unos chilaquiles verdes de rechupete que cómo se me antojan, al mediodía con José Córdova, quien tomaba una taza de café sin azúcar. El periodista aceptó la mitad del dinero que Ana María le había recién dado a Hernández.

Gustavo Miranda fue esa vez con los tres girasoles a la Catedral del Zócalo, donde estaría una persona, no sabía si hombre o mujer ni sabía cómo la distinguiría de la gente. Unos quince minutos de espera pasaron cuando apareció un hombre que tal vez le doblaba la edad a Gustavo, ajado, flaco, de pantalón y camisa blanca, con sombrero, un personaje con la mirada melancólica como la de un cantante de boleros. Se le acercó, era él. El hombre le pidió los girasoles a Gustavo, como una clave que Gustavo tomó literal. Gustavo además le dio la caja de cartón con los billetes ordenados entre papeles de tal manera que aparentaban la cantidad completa. José Córdova, a quien nadie reconocía como colaborador de la policía, le dio el pitazo al Dos Poemas, que detuvo al hombre que torpemente trató de defenderse con los girasoles, en una escena más bien cómica en la que los pétalos amarillos salieron volando como lágrimas de risa. Pero fue una escena triste para Gustavo Miranda porque eso demostraba que se trataba de un estafador más. En la comisaría, pronto supieron que se trataba de un viejo extorsionador que había salido de Lecumberri, había sido procesado por robo, extorsión y fraudes a un banco. En su historial aparecía como portador de armas y de hasta cuatro cuchillos de bolsillo que, en uno de sus robos, se las había ingeniado para integrarlos y repartirlos entre las suelas de los zapatos y el ala del sombrero. El Dos Poemas hizo algunas bromas con respecto a su manejo de los girasoles para defenderse, pero no hicieron gracia a Córdova. En la comisaría, el criminal confesó al cabo de un par de horas, con su cara de tristeza con la que parecía haber nacido, como si se lamentara por su existencia y la existencia, de paso, del mundo entero en el que vivía, que estaba necesitado de dinero y el caso de la niña era una manera fácil de conseguirlo. Rubén Darío lo esposó y llamó a Octavio, su compañero de botas rigurosamente boleadas y labio leporino, para que lo llevaran de vuelta al Palacio Negro. Los girasoles que habían sobrado de la docena que habían comprado, los que no se habían llevado a Catedral, fueron lo primero que dejó en el escritorio de un compañero cerca de la entrada, a quien llamó con un grito pidiéndole sus flores de regreso. Pinche poeta, aquí están tus flores, le dijo, sintiéndose incómodo por tenérselas que dar en la mano, de hombre a hombre.

El padre de Rubén Darío Hernández había escogido ese nombre para su primogénito porque le parecía grande el poeta nicaragüense; sin embargo, apenas había leído un par de poemas que le bastaron para ponerle así a su primogénito y también lo animaron para nombrar Azul Hernández a su hija. Había sido un policía de menor rango que su hijo, y en su momento le había parecido que nombrarlo como El rey de la poesía latinoamericana y como El poema a su hija podría ampliarles el panorama. Ciertamente en la adolescencia a Rubén Darío Hernández le habían llamado la atención las lecturas en la clase de Español, y de esa época aún conservaba un ejemplar de las Obras Completas de Rubén Darío que había comprado en una librería de viejo por unos cuantos centavos. Tenía algunos libros de poesía en su oficina que muy ocasionalmente hojeaba, como, por ejemplo, cuando quería despejar la mente. El hecho de que un policía tuviera libros de poesía en ediciones viejas, usadas, como uno de esos ejemplares que lo acompañaba incluso desde su juventud, es decir, un ejemplar al que le tenía cariño desde hacía años, un policía que le tenía cariño a un jodido libro de poemas —parecería que un zapato sin par en esa oficina era más útil que ese libro destartalado—, había sido motivo de rumores en su gremio, una bola de nieve que se hizo una avalancha que le seguía adonde fuera y razón por la que lo apodaron El Dos Poemas. A veces lo llamaban El Poeta, El Dos Tacos, El Dos Problemas, entre otras variaciones. Alguna vez incluso se había memorizado *La Suave Patria* de López Velarde. Le gustaba declamarlo. Tenía el poema algo oxidado en la memoria, pero podía aún declamarlo si se esmeraba. En su boda había recitado un soneto de amor de Shakespeare de una antología titulada *Los más bellos poemas de amor*, una traducción española, y había hecho llorar a la novia y a su suegra. A veces dibujaba en el marco de las hojas mientras hacía llamadas por teléfono. Le gustaba cantar mientras se bañaba y le gustaba silbar canciones de moda. Era un buen bailarín, era mejor bailarín que su mujer. Bailaba muy bien en las pistas de baile solo, las animaba él mismo incluso con aplausos, movimientos de caderas y, entrados en gastos, a veces con saltitos que animaban a la gente; esa era una de sus armas secretas para prender fuego a la pista. Su padre estaba seguro de que esa vena artística de su hijo había sido herencia directa del nombre del poeta y no de su sangre. Si hubiera sido luchador de lucha libre probablemente se habría autonombrado Rubén Darío «El poeta» Hernández, de lo tanto que le gustaba su nombre, y habría construido su persona en un extremo gracioso, tal vez mordiendo una flor para entrar al cuadrilátero, porque lejos de ofenderle cualquier mención a sus inclinaciones artísticas, le divertía ser así. Si había unos girasoles sobre un escritorio en la oficina de policías, un libro o un apunte con dibujos, nadie tenía duda de que pertenecían a Rubén Darío Hernández.

Pasaron cuatro meses y Rubén Darío Hernández aún no sabía nada del paradero de los niños robados y secuestrados, incluida Gloria Miranda Felipe. No había instante en que Gloria Felipe no sintiera el vacío adentro. Solía rezar con el zapatito de su hija en las manos. Llevaba meses con insomnio y le había dado un ataque de ansiedad en la cocina de su casa, mientras su hijo más chico hacía una tarea. Carlos empezó a llorar, le gritó a sus hermanos mayores que su mamá se estaba muriendo. Más de 2.500 imágenes de la niña Gloria Miranda Felipe de dos años cuatro meses circulaban por las fronteras del sur y norte del país, por las oficinas de la policía, y en las oficinas del Servicio Secreto estaban igual que el primer día en que secuestraron a la niña: sin ninguna pista.

Pero sonó el teléfono en las oficinas del Servicio Secreto: alguien preguntaba por Hernández.

La voz al otro lado de la línea era la de un hombre mayor de la policía en Oaxaca, un viejo conocido. Cabrón, le dijo esa voz, la niña está en Juchitán, Oaxaca, se la llevan pal otro lado en una camioneta para venta de niños allá del otro lado, aquí te vemos. Rubén Darío le marcó a su esposa, le pidió que lo acompañara y les pidió a dos policías —a Rodríguez Guardiola y a Octavio— que fueran con él. Informó a su patrona Ana María, pero no les llamó a los Miranda Felipe. Esa misma tarde salieron en carretera los cuatro.

En la carretera el cielo empezó a tronar, una pesada cortina de agua pronto les nubló el camino. Los árboles sacudiéndose en la tormenta era lo que le daba más miedo a la esposa de Hernández, lo dijo mirando al otro lado de la ventana desde el asiento del copiloto, y a Octavio le dio terror, miraba los árboles sacudiéndose con la tormenta y le pareció la peor forma de rabia que había visto en la naturaleza y se sintió un niño. Miraba a los árboles, violentos, sacudiéndose en la tormenta al otro de la ventana trasera. En una encrucijada, Hernández quiso virar y el coche se volteó. Pasaron un buen rato tratando de abrir las puertas. La tormenta no arreciaba y los árboles estaban enfurecidos. Octavio estaba seguro de estar en el escenario de una obra de terror y tenía más miedo que la esposa de Hernández. Bajaron, lograron volver a poner el coche en el camino. Los cuatro estaban empapados y llegaron casi a la medianoche a la ciudad de Oaxaca. Durmieron en una pensión. Por la mañana salieron a Juchitán junto con el oficial que los esperaba. Encontraron la pequeña casa en la que una mujer de estatura baja, carácter imponente y seco tenía unos cuantos niños. Les aseguró que se trataba de un favor que hacía para las madres de la comunidad. Eran siete niños y ocho niñas. Aunque fue difícil que la mujer los dejara pasar, la curiosidad de los niños y niñas por saber quiénes estaban en la puerta, convenció a la mujer de dejarlos entrar. Hernández le dio una foto a la señora. Reconoció que una de las niñas era en verdad parecida, no tenía los lunares y tenía la piel morena. Se llamaba Natalia. La esposa de Hernández era la más impresionada con el parecido entre las niñas. Habló con ella un rato, como si hablara con el doble de la niña a la que buscaban. Tenían la misma edad. Esa noche Rubén Darío Hernández, su esposa y los dos policías fueron de vuelta al DF.

Rubén Darío Hernández le llamó a Ana María para contarle los detalles de su viaje a Oaxaca. Ana María estaba incómoda con el entusiasmo con el que Hernández le habló del parecido que la niña de nombre Natalia tenía con su nieta Gloria, y tuvo que cambiar de tema e informarle que habían preparado un nuevo comunicado con una recompensa aún más alta para encontrar a su nieta. Ana María no quería que el dinero fuera un impedimento y le recordó la mordida que tenían pendiente para que la encontraran pronto.

No era un secreto cómo Ana María Felipe había construido su fortuna. Había dado varias entrevistas al respecto en los periódicos y en las revistas de sociales. Habían hecho reportajes de ella, de sus viajes, de su estilo de vida excepcional para una mujer de su tiempo. Pero en esa época, la personalidad de Ana María había sido más bien un peso para Gloria. Las actrices de cine y teatro, las mujeres con una vida social activa, las esposas de los políticos, las mujeres adineradas, buscaban los diseños de Ana María quien se inspiraba en el estilo de cada una de sus clientas; diseñaba y confeccionaba de acuerdo con la personalidad, el gusto y las conversaciones que entablaba con ellas. Podríamos decir que era, sobre todo, una diseñadora que escuchaba a sus clientas, que además disfrutaba de entablar relaciones con ellas más allá de su trabajo. Y tenía un estilo propio en su trabajo. Esa fama fue creciendo y se fue corriendo la voz fuera de México que le ganó clientela. Pero una hija es una hija y la idea de una madre es la idea de una madre, y a Gloria Felipe le había hecho falta su madre en varios momentos.

Ana María Felipe había nacido hacia finales del siglo XIX. Su padre era viejo y su madre era joven. Como en un relato bíblico, ese hombre que rebasaba los sesenta años supo que sería padre por primera vez cuando el oído derecho ya le empezaba a fallar. Tuvo a su primera y única hija y tuvo el dinero para educarla con clases particulares de bordado, costura, piano, cocina y jardinería, porque lo más importante, pensaba, era criar una futura ama de casa ejemplar que supiera nombrar los tipos de flores, tocara el piano y supiera cocinar delicioso. Ana María no aprendió a leer sino hasta que se vio obligada a hacerlo en su primer trabajo y aprendió de manera autodidacta. En ese tiempo, las mujeres no tenían acceso a la educación superior ni tenían derecho al voto y en ese mundo creció Ana María Felipe. A lo más que podía aspirar era a ser ama de casa: punto. Su padre deseaba que tuviera las herramientas para ser la mejor ama de casa.

Su padre murió de una insuficiencia renal cuando ella tenía trece años. El deterioro en el oído de su padre impulsó a Ana María a tocar más y mejor el piano para darle gusto. Cuando él murió, se vio orillada a tocar el piano en un cine mudo para ganar dinero, le pagaban menos que a un pianista varón, pero era una de las pocas cosas que sabía hacer y por las que le ofrecían un sueldo que le permitía mantenerse a ella y a su madre. Ante la inesperada muerte de su padre, una hermana de él había encontrado la manera de quitar del testamento a la madre de Ana María y a ella. Ana María mantuvo a su madre desde los trece años hasta que murió.

Empezó a tocar el piano en el cine mudo un verano lluvioso —una de las cosas que el cambio climático no ha modificado y que a mí, como narradora en tercera persona, más me gustan de esta ciudad, así que me gustaría mencionar que ahora mismo llueve como llovía ese verano en el que Ana María empezó a trabajar tocando el piano en una película de cine mudo—. Ana María se llevaba bien con un compañero con quien alternaba turno, un joven unos años mayor que ella. Alguna vez hablaron sobre lo que les gustaba, le contó que soñaba algún día con hacer la ropa que dibujaba en una libreta y él le propuso que se acercara a su esposa que trabajaba en una tienda que también era una fábrica de camisones y ropa para señoras. A Ana María le gustó la idea y decidió intentarlo. A los dieciséis años empezó a destacar por sus aptitudes manuales, aprendió a trabajar con encajes y perfeccionó sus aptitudes para bordar con la esposa del que había sido su compañero de trabajo en el cine mudo. En poco más de un año destacó, la pasaron al área de vestidos de diario. En casa de Ana María a los casi sesenta años, tal vez sobra decir, había un piano que muy pocas veces tocaba, pero las veces que lo tocaba era como si jugara, algo en el acto le recordaba un lugar seguro en su infancia y la relación de complicidad con su padre. Aunque la música no era su camino, apreciaba que su inicio en la vida laboral hubiera sido tan suave. La madre de Ana María también aprendió a bordar, a trabajar con lentejuelas, incrustaciones y chaquiras y así le ayudaba a su hija a detallar algunas piezas que la convirtieron en una de las favoritas de la fábrica. Al grado de que el dueño le había pedido un par de favores para confeccionar algunos vestidos para su esposa. Entró, pues, al Olimpo de la fábrica como presagiando el Olimpo futuro.

Con el dinero que pudo ahorrar de su tiempo ensamblando patrones de camisones y vestidos, con algunos toques propios que en ocasiones le permitían añadir, Ana María le propuso a su mamá rentar un pequeño espacio en el que podría peinar y pintar las uñas a las señoras del barrio mientras ella trabajaba haciendo ropa. Al primer espacio que pudo rentar por unos cuantos pesos a la quincena, en donde cabían las dos señoras que la madre de Ana María podría atender al mismo tiempo, le pusieron, en un rótulo en mayúsculas, como por orgullo, «SALA DE BELLEZA ANA MARÍA». Así, entre las dos, fueron sumando más dinero hasta que acordaron que lo mejor sería que Ana María dejara la fábrica y trabajara de tiempo completo en el salón de belleza. Su madre siempre supo que Ana María tenía don de gente. Ángel, tiene ángel, decía su madre cuando alguna clienta le hacía comentarios sobre el buen carácter de su joven hija. Desde que empezó a trabajar de lleno en el salón, fueron llegando más clientas, hasta que se vieron en la necesidad de rentar un local más grande y contrataron a una muchacha que les ayudaba con los peinados. El fuerte de Ana María eran los cortes de pelo, su mamá se dedicaba a manicuras y pedicuras. A la distancia, esos años en el salón de belleza los había disfrutado mucho en compañía de su mamá. Su madre entablaba conversaciones con las clientas también. Entre ellas platicaban y, a veces, se les sumaba alguna clienta. La verdad es que la pasaban bien en el salón. Un efecto secundario de ese trabajo y que pronto notó fue que su madre se sintió útil por primera vez en su vida y eso la había hecho una mujer más ligera, de carácter alegre como el sol de mediodía. Sus temperamentos se habían sincronizado, pero Ana María brillaba más. Y brillaría aún más, alcanzando nuevos niveles deslumbrantes para su época.

Por las noches, Ana María dibujaba vestidos, como los había dibujado desde los diez, once años, pero no tenía dinero para hacerlos. Se imaginaba a esta clienta, a esta otra, usando un vestido de noche. Dibujaba. Alguna vez ese cuaderno quedó abierto en la mesita de cobro del salón de belleza y una clienta le propuso a Ana María que le hiciera ese diseño a su medida. Con el hoy llamado síndrome de la impostora, Ana María lo hizo. Esa clienta, quien se convertiría en una amiga y mentora, fue quien la invitó, más adelante, a la fiesta en la que conoció al español —al que no vamos a nombrar—. A los veintitrés años tuvo a su hija Gloria, a los veintiocho perdió a los gemelos en la golpiza, y esa clienta fue a la primera persona a la que Ana María buscó para pedirle ayuda. Una amiga de esa clienta necesitaba, le urgía un vestido de novia y las puso en contacto.

Ya divorciada, con una niña que le hacía más preguntas de las que podía responder y una mamá que la ayudaba con la niña y por las noches la ayudaba a coser, confeccionó el primer vestido de novia. Esa mujer salió en una esquina de la prensa de sociales y esa fiesta y esa difusión le ganaron cinco clientas ese año que, de la mano con el aún pequeño salón de belleza, las mantuvo a flote.

Su historia siguió en línea diagonal ascendente. Le gustaba armar álbumes de fotos, que cada año encuadernaba en piel con sus iniciales en dorado —el color de su autoestima a los casi sesenta años—, de sus viajes por el mundo para visitar proveedores de telas, sedas, encajes y botones que eran como joyas que lucían en las fiestas más fotografiadas. Su madre recortaba de revistas y periódicos la mayoría de las fotografías y notas en las que mencionaban el trabajo de su hija y los guardaba en una caja metálica que, con los años, había extendido a otras cajas también metálicas que tenía acomodadas por fechas. Para el momento en que secuestraron a su nieta, si había un nombre en la moda asociado con los más finos vestidos era el de Ana María Felipe. Sus tiendas eran bien conocidas. Era igualmente conocido lo raro que era una mujer como ella.

Que a billetazos quisiera comprar a Hernández no era un secreto, como tampoco era un secreto la corrupción con la que se daban las cosas en la policía. Que ese día subiera la recompensa para encontrar a su nieta evidenciaba que había ofrecido aún más dinero a Hernández. También abría posibilidades a que los extorsionadores se inventaran historias aún más ingeniosas para conseguir, por baja que fuera la cifra, dinero fácil. Ya entre los criminales era sabido que era un tiro seguro. Esa actitud que Ana María había tenido en varias ocasiones de poner el dinero por delante, como buena proveedora que era, había incomodado a Gloria desde que tenía uso de razón. En su apellido, como un cordón umbilical que solo la ataba a su madre, llevaba lo que más le pesaba en la vida. Le había dolido la ausencia de un padre y una madre famosa que había hecho una fortuna con la que podía resolver casi todo, pero la situación de desespero en la que estaba sin encontrar a su hija le volteaba por primera vez eso que le había dolido tanto antes, que la había hecho pelearse con su madre en algunas ocasiones.

Cuando adolescente, sobre todo, se había preguntado por qué no tenía una mamá común y corriente, una madre que no trabajara, que se dedicara a cocinar y a los cuidados de la casa, por qué carajos no tenía una mamá convencional. Pero tenía claro que si encontraban a su hija, sería únicamente y, sobre todo, gracias a que no tenía una madre convencional. Diario rezaba porque así fuera. Consuelo y Gloria rezaban juntas frente a la cruz en la sala, Gloria solía rezar con el zapatito de su hija en manos y Consuelo con su rosario de siempre, ambas rezaban en sincronía y ambas deseaban con la misma flama interior que la niña apareciera. Algunas veces Ana María se les unía en las oraciones y las tres mujeres rezando, deseando las tres por igual que la niña apareciera viva, sana, completa. La historia de maternidad de cada una las hacía, en una justa línea horizontal, iguales. Eso que siempre le había pesado a Gloria sobre su madre, que parecía ir en su contra: se volteaba, era su soporte. Su madre acababa de decirle por teléfono que iban a encontrar a su nieta sí o sí. Y si su madre decía algo con determinación, lo creaba al pronunciarlo.

8

Agustina Mendía, la madre de Martín Fernández, sintió vértigo adentro cuando su hijo le enseñó el acta en la que la menor Agustina Fernández Valencia era oficialmente su nieta. El deseo de ese nieto que no llegaba había sido como atrapar vientos. La espera le había dejado extender el espacio y el tiempo que ella necesitaba de su hijo. Sí, le gustaba tener una nieta, estaba muy bien eso de tener una nieta, pero ¿por qué sentía celos? Aunque no lo decía, bardeaba su sentir con comentarios a su hijo como, por ejemplo, «tú no hacías tantos berrinches» o «a ti sí te gustaba comer de todo a esa edad» o «tal vez en algo llegue a parecerse a ti algún día». El lazo sanguíneo que los unía a ellos como madre e hijo reivindicaba un lazo sólido, inquebrantable, incondicional que la ligaba a su hijo quizá más que antes, ahora que existía una nieta adoptada de casi tres años. Esa nieta que, además, llevaba su nombre.

Los padres de Nuria conocieron a la niña prontísimo; la madre de Martín demoró dos meses en hacerlo. Por otro lado, su nuera tampoco era su persona favorita. Nuria sabía que no era del entero agrado de su suegra, y sabía que en lo privado hacía comentarios a su esposo sobre cómo ella debía o no debía hacer las cosas. La verdad es que Nuria era educada con su suegra, tenía atenciones, a veces un poco más que con sus propios padres, como intentando derretir hielo —ese estado más duro del agua que es también el carácter de algunas personas— con pequeños gestos cálidos. De hecho, Nuria le tenía cariño y sabía que, si en algún momento su suegra caía en una grave enfermedad, con gusto se haría cargo de ella, pero estaba casi segura de que su suegra no cuidaría de ella ni en una urgencia. Sin embargo, a pesar de que Nuria la quería, esas atenciones que tenía era una de las maneras que había encontrado de protegerse. Martín no hablaba de este tema con su madre, tampoco con Nuria. Sus padres, en cambio, eran un lugar seguro para Nuria y Martín.

El nacimiento de la paternidad de Martín fue una sorpresa para Nuria. Había despertado en él un sentido de responsabilidad que no le conocía, un sentido de hogar que en los años que llevaban casados no había demostrado de esa manera, hasta que se materializó su deseo de ser padre. La dicha que había traído para Nuria la llegada de Agustina era doble, por un lado sentía felicidad —qué había hecho para tener tanta suerte, se preguntaba, enamorada de los momentos que formaban su presente cuando dormía a la niña, le olía el pelo, le veía los ojos, miraba el parpadeo de su hija cada vez más lento, un parpadeo que se iba haciendo pesado hasta que caía dormida— y por el otro, ese lado de Martín en toda su ternura.

Si alguien le hubiera preguntado a Nuria antes de adoptar a la niña cómo habría respondido su marido, habría dicho que Martín le cargaría la mano en los cuidados, que ella era quien velaría por las necesidades cotidianas de Agustina, pero algo había ablandado el carácter de Martín, como si las esquinas, de pronto, se hubieran redondeado, uno de esos efectos que no podía haber calculado ni siquiera imaginándolo. Resultaba que a Martín le gustaba pasar tiempo con su hija, le gustaba cuidarla. Y le gustaba además compartir eso con Nuria. A su madre le molestaba que Martín hiciera cosas que, según ella, le correspondían a Nuria, ¿por qué no dejaba que Nuria la bañara o le cambiara los pañales? ¿Qué carajos tenía que hacer su hijo lavando pañales de tela orinados, peor tantito, cagados? Pero ¿qué era lo que de fondo molestaba tanto a su madre? ¿Por qué competía con una niña pequeña, su nieta?

Nuria notó el cambio en Martín la segunda noche que Agustina durmió en casa. Martín dejó corriendo el chorro de agua hasta que saliera tibia para que fuera cómodo para la niña lavarse la carita esa noche en la que hacía algo de frío. Ese gesto no lo habría podido predecir. ¿Qué había sido lo que había despertado Agustina en él? Nuria, más que conocer a su marido, lo desconocía. ¿Pero no es siempre mejor desconocer a alguien que conocerlo? Incluso mejor, ¿no es siempre mejor desconocerse que conocerse?

El padre de Martín había dejado a su madre por una mujer diez años más joven cuando Martín estaba a unos meses de cumplir tres años. Como adulto, no tenía un solo recuerdo con su padre dentro de una casa, la casa que fuera. No había vivido nunca con un hombre, mucho menos con él. Tenía cuatro fotografías con su padre y un puñado de recuerdos en parques y ferias ambulantes, una ida a un circo de variedades, imágenes que se habían modificado con el paso del tiempo. Alguna vez había ido a remar con él a Chapultepec, lo había llevado a la Alameda con los Reyes Magos y recordaba haber visitado el Árbol del Tule en Oaxaca en el único viaje que hizo con él tal vez a los diez años, ¿o tenía once ya? Esas eran tres de las cuatro fotografías que tenía con él. Cuando era niño y pensaba en su padre, aquellas imágenes estaban hechas en oro; conforme fue creciendo cada vez que se acercaba a esas imágenes los dedos le quedaban manchados de dorado, las imágenes se le fueron desgastando hasta que un día quedó desnudo el triste fierro con el que estaban, en realidad, hechas. En la balanza, ese puñado de salidas con su padre no eran nada al lado de los cuidados que le había dado su madre todos los días, sin descontar uno solo hasta sus 37 años cumplidos.

Martín no sabía lo que era dormir en la misma casa con su padre. Había dormido en el mismo cuarto con él, aquella vez en una pensión en Oaxaca, en camas individuales separadas, cuando fueron al Tule, ese esplendoroso y enorme ahuehuete, tan contrario a ese tronco enclenque

que los unía por un accidente de raíces a padre e hijo, una relación que iba a romperse en cualquier momento como un palo. Pero las primeras noches que Agustina durmió en casa, sintió que estaba haciendo las paces con esa guerra pasada. Su eterna fantasía infantil, su deseo perpetuo de tener un padre, se lo ofrecía su presente de otra manera. Lo entendía de una manera no verbal. Tal vez como un animal que sabía por la piel, por su instinto, por el olfato, que él podía darle a Agustina algo que él mismo había añorado cuando era niño. Quería ser lo contrario. Cuidar a su hija en cosas pequeñas, como poner el agua a correr hasta que estuviera tibia para que su hija no se enfriara al lavarse las manitas, y al hacerlo, en ese pequeñísimo acto el universo entero se le rendía. ¿Cómo era posible que a él, que había tenido un padre ausente, se le diera tan fácil, tan natural el ser padre con la facilidad con la que podemos hacer lo impensable en un sueño? Así como de repente es sencillo volar en un sueño, era tan sencillo ser un buen padre. Sin esfuerzos. Estaba dispuesto, pensó, a que su hija lo alucinara de mayor, que lo viera como un hombre entrometido, alguien que se mete en la fotografía cuando no lo llaman, pasarla a buscar en las fiestas con la pijama bajo la ropa, comer con ella todos los viernes, hacer planes entre padre e hija; llevar, pues, al otro extremo del péndulo, todo lo que él no había vivido. La verdad era que se sentía feliz con Agustina en su vida. La anhelada presencia de su padre, esa ausencia perenne, él la quería para llenarla, para ser un padre presente con su hija y un marido presente con su esposa. Una sensación que, sin palabras, tenían claro tanto Nuria como él. Más o menos como queda clara la fuerza de gravedad aun sin conocer la teoría. Nuria había visto caer una manzana del árbol, algo que Martín no se explicaba ni quería explicar como un profesor frente a un pizarrón, pero ahí estaba, ocurriendo. Más presente que nunca para Nuria y para su hija. Durante las primeras semanas de Agustina en su casa, otras manzanas cayeron.

No tenía idea de cómo funcionaba ni cómo iba a mantenerlo. Lo habían lanzado a la paternidad como si lo hubieran empujado al centro del escenario, él, que llevaba tiempo comiendo palomitas desde una butaca siendo hijo, pero estaba dispuesto a tomar el papel del personaje que él hubiera querido tener como padre. A veces sentía miedo. ¿Era capaz de ser un buen padre? ¿Sería capaz de sostener económicamente a su familia? ¿Y qué pasaba si algo salía mal, si una enfermedad de pronto lo inmovilizaba en la cama? O, peor, ¿qué pasaba si un día el mal espíritu de su padre lo poseía? ¿Qué pasaba si un día él no podía sostener lo que lo había impulsado?

Cuando adolescente había confrontado algunas veces a su madre con respecto a la ausencia de su padre, algunas veces con indirectas, un par de veces a medio tono y una vez le soltó una bomba. Él se había sentido culpable de haberla lastimado con sus palabras. Como quien dice, en el acto de golpearla se golpeó, sobre todo, a sí mismo. Como suele pasar, más duele la mano de quien golpea. Con los recursos que ganaba su madre, una madre mayor para su época, lo había mantenido. Había parido a Martín a los 35 años, ella sola lo había sacado adelante. Tenía ya varias canas en el pelo a los 40 años, la piel arrugada, se vestía como si fuera una señora veinte años mayor, iba y venía con su niño de cinco años por aquí y por allá, lo había dado todo por él y se hubiera cortado un brazo para darle algo que le hiciera falta, y ese niño también era su cómplice y compañero de vida. ¿Cómo se había convertido en el muchacho que la juzgaba de manera tan brutal con respecto a su relación con los hombres? ¿De verdad creía Martín, a los dieciséis años, que su madre tenía la culpa de que su padre se hubiera ido con una muchacha joven? Martín sabía que era el centro de la vida de su madre, tal vez por eso se permitía ser duro con ella. Ella se sentía culpable porque Martín había crecido sin una familia nuclear. Ahí le soltó aquella bomba Martín. Agustina se sentó en una silla del desayunador para poder recargar los codos para taparse la cara con las dos manos y llorar frente a su hijo adolescente. Entregándole así a su hijo uno de sus momentos más frágiles.

El padre de Martín, que también se llamaba Martín Fernández, había formado otra familia, había tenido tres hijos con la mujer diez años menor que él, vivían en Michoacán, no estaba muy seguro en qué parte del estado. Las veces que Martín lo había llamado por teléfono, había sido cortante, no le interesaba verlo, le colgaba el teléfono. Martín hijo sabía otra cosa que le dolía: de esos tres hijos que su padre había tenido, dos eran niñas y al niño le había puesto igual que él. Tal vez por eso su primer impulso había sido adoptar un niño, ponerle el mismo nombre para darle una lección a su padre, aunque nunca se enterara, de cómo debía criarse a un hijo. Si algo daba placer a Martín era poder llegar temprano del cine para pasar tiempo con su pequeña hija Agustina. Deseaba compartir eso con su madre, involucrarla en su nueva vida de padre, pero a Agustina Mendía le tomó tiempo incluso asimilar la noticia de la nueva integrante adoptada.

Agustina Mendía había sido una administradora hábil. Había sabido ahorrar una buena parte del dinero que ganó como trabajadora social. Su hijo había estudiado siempre en escuelas públicas y las atenciones médicas también las había recibido como parte de sus prestaciones laborales. Había hecho un uso óptimo de lo que le ofrecían por ser trabajadora del Estado, tenía una pensión, seguro médico y una casa escriturada a su nombre en Xochimilco, además de un local también en Xochimilco y tenía un auto. La única que tenía auto en el círculo familiar. Era más frecuente que ella visitara a su hijo y a su nuera, pero las veces que Nuria había ido a su casa, invariablemente llamaba su atención que tuviera muñecas —como las muñecas que tienen las niñas pequeñas—, en la sala y en el comedor. Agustina había crecido en una casa pobre y alguna vez

Martín tocó el tema de las muñecas con Nuria, muñequitas y bebés en la casa de una mujer —había un bebé de tamaño natural de porcelana, el muñeco más caro de la casa, con las piernitas abiertas, pelo humano y los ojos de vidrio abiertos con pestañas curvas y la mirada fija en un horizonte que parecía traspasar las paredes de la casa, sentado al lado del frutero en el comedor, además de varias muñecas comunes y corrientes, otras de trapo y unas de cerámica repartidas entre los platos del trinchador con puertas de vidrio, encima de unas carpetitas tejidas a mano, que hacían sentir a Nuria más que en una sala o un comedor, como en una extensión de la recámara de su suegra, como si al estar de visita estuviera invadiendo un espacio privado— y algo habían hablado sobre la carencia de su madre cuando era niña. En su infancia nunca había podido tener las muñecas que quería, venía de una familia pobre, y de mayor, cada ocasión que podía, compraba una muñeca o Martín mismo sabía que le gustaban tanto que le había regalado varias muñecas que decoraban la casa. En alguna ocasión, incluso, la dependienta de una tienda le había cobrado una diciéndole «esperamos que la muñeca le guste a su nena» cuando Martín era novio de Nuria y estaba muy lejos aún la llegada de su hija Agustina.

Cuando comían los tres juntos, la madre de Martín solía más bien dirigirse a su hijo. Hablaba, sí, con Nuria, tenían conversaciones entre ellas, se habían reído contadas veces juntas, sí, pero solía dirigirse a su hijo. Era una mujer seca, pero no he mencionado hasta ahora que tenía una voz prodigiosa: Agustina Mendía cantaba divinamente. En algunas ocasiones en las que iban en el coche juntos, tenían el acuerdo tácito entre madre e hijo de que Martín debía conducir y su madre, en el asiento del copiloto. Si iba Nuria, solía sentarse en el asiento de atrás. Cuando fue a la ciudad a conocer a su nieta a casa de su hijo y nuera, le llevó como regalo una muñeca vieja de las que tenía en su casa, cosa que le pareció extraña a Martín, pues hubiera esperado que su mamá comprara algo para su nieta, una muñeca nueva aunque fuera como un primer regalo, y esa tarde interactuó más con su hijo que con la niña, a quien apenas le dedicó unas palmadas como si fuera un juez saludando a otro en una sesión en el tribunal.

Pero Martín ese día se molestó con su madre. Pasa tiempo con tu nieta, quieres, le dijo irritado. Quería compartir la llegada de su hija en ese camino complicado que habían tenido que cruzar. ¿No se daba cuenta? De menos, le dijo Martín, cántale una canción, a ti que te gusta cantar y lo haces muy bien, enséñale eso que haces tan bien. Y eso sí, Agustina Mendía no solo tenía pocos amigos, tenía una sola amiga, una amiga de infancia, a quien llamaba comadre; reía poco, y siempre reía sin mostrar los dientes, era más bien una mujer seria, pero sabía cantar boleros como nadie. Cantando le cambiaba el semblante, se transformaba Agustina Mendía. Era su punto débil, el único espacio en el que podía desfogar toda esa sensibilidad que no sabía expresar de otra manera, concentrando en ese don todo lo que tenía dentro. Y una mujer que a simple vista era rígida, cantando se le iba la vida y era un goce para quien pudiera escucharla. Alguna vez, su comadre le había sugerido que se dedicara a cantar, tenía una voz preciosa que no le pedía nada a ninguna de los cantantes de su tiempo. Su comadre tenía la seguridad de que si se animaba sería una cantante famosa, pero Agustina varias veces le había dicho que ni muerta cantaría en público.

Para sorpresa de Martín y Nuria, su madre empezó a cantarle a la niña. La niña estaba contenta y movía sus manitas, movía en el aire sus dedos regordetes con hoyuelos que le marcaban los hoyuelos también en el dorso de las manitas, bailaba con la melodía de la hermosa voz que cantaba canciones tristes. ¿Cómo hacía Agustina Mendía para cantar como las diosas? Como si el desamor, la tristeza, el dolor y todas las penas del mundo existieran solo para el goce y placer de quien las pudiera escuchar con tan esplendorosa voz. De esa vez que Agustina Mendía conoció a su nieta, a la niña le quedó una frase nueva y melodiosa: «Arráncame la vida», que cantaba mal pronunciando la erre demasiado recia, moviendo los bracitos en el aire, riéndose.

9

Hacía ya unas semanas que el caso de Gloria Miranda Felipe había cruzado fronteras. La búsqueda continuaba y el gobierno norteamericano detuvo en Nueva York a la señora Catherine Richardson, de cincuenta y tres años, con sus tres hijos, proveniente de Francia y quien, de acuerdo a la investigación, era una ciudadana norteamericana, la única extranjera sospechosa del caso, vecina de piso de arriba del edificio La Mascota donde vivían los Miranda Felipe en la colonia Juárez, que dejó intempestivamente su domicilio al día siguiente del secuestro de la niña. El Dos Poemas había compartido esta información con el agente estadounidense con el que habló del caso, muy al inicio del secuestro, hacía ya casi seis meses. El día de la captura de Catherine Richardson, una madre viuda, llamó a su hermana en Nueva Jersey para que pasara por sus hijos custodiados por la policía de Nueva York. ¿Cuándo había sido la última vez que había visto a la niña? ¿Por qué se había ido así de su casa? ¿Tenía ella información sobre el paradero de la menor Gloria Miranda Felipe? La señora Gloria Felipe suplicaba a Dios que así fuera, con el zapatito en mano que solía tener cerca cuando recibía noticias, aferrándose a su hija, mientras escuchaba al comandante Rubén Darío, junto a Córdova, de brazos cruzados. La captura podía llevarlos a tener pistas, aunque la poca interacción que Gloria había tenido con Catherine Richardson la inclinaba a pensar que no sabía nada de su hija. Una cosa de intuición, más que de esperanza, porque ella quería, mejor dicho, necesitaba tener esperanzas, pero algo le decía que Catherine no tenía información. ¿Y sin embargo, por qué carajos se había ido al siguiente día, por qué había dejado su casa así como así? ¿Por qué había dejado todas sus cosas, por qué no hizo una mudanza como se hacen las mudanzas? El periodista José Córdova, antes de salir de las oficinas del Servicio Secreto, le dijo a Gloria Felipe que, según su escrito en el primer anuncio, los zapatos de su hija eran café y no negro, como ese zapatito que llevaba en una mano, y de allí salió a preparar una pieza que saldría a la mañana siguiente.

Las sospechas de Córdova y de la señora Felipe se confirmaron. Gloria le contó a Ana María lo que el comandante Rubén Darío les había contado a ellos: Catherine Richardson había dejado su vida en México de un minuto a otro para ir al sur de Francia, donde vivía su vieja madre, luego de que temiera por el robo de sus hijos. Estaba segura de que salir a Francia le garantizaría seguridad. Había viajado en barco a con sus hijos y una maleta. Los criaba sola, una enfermedad se había llevado a su esposo mexicano en el lapso fulminante de un mes lluvioso, y México le había ofrecido la oportunidad de criar a sus hijos con la pensión que recibía como viuda. Había podido incluso escribir poemas y pintar —pintaba naturaleza muerta y escribía poemas sobre la ausencia—, pero había tenido el impulso de dejarlo todo atrás en el momento en el que escuchó la noticia en el radio del robo de la niña que ella misma había visto jugar con uno de sus hijos. ¿Qué garantías le brindaba ese país a sus hijos? ¿Qué si alguno de sus hijos estaba en la mira de los mismos secuestradores?

El impacto que el caso del secuestro de la niña había tenido en la sociedad no podía medirse. El hecho de que a seis meses las autoridades no supieran nada, en cientos de casas exacerbaba la aprensión que los padres de familia tenían con sus hijas e hijos. En Zapopan, Guadalajara, un grupo de mujeres rezaban cada sábado en la misa de la tarde, esa misa tenía el nombre de la niña; en Monterrey, había conmovido la historia de una pequeña de diez años que había emprendido la búsqueda de la menor tocando puertas preguntando por ella, la niña decía estar en la misión de encontrar a Gloria; en la región Purépecha en Michoacán, de Uruapan a Cherán, se habían organizado en comunidades —una familia de lauderos en Paracho, artesanas de barro de Patamban, gente que se dedicaba a hacer las trojes en la región de San Juan Paricutín, guardabosques recolectores de panales, hongos y maderas de Cherán y artesanos de Uruapan— para juntar una parte de sus ganancias para engordar la recompensa de la menor y estaban organizando un peregrinaje, con un textil que tenía bordada una oración y el nombre de la niña, para llevarle el dinero que habían recolectado a la familia Miranda Felipe en el DF.

Los gestos solidarios que la familia recibió venían de lugares que nunca imaginaron y varios de ellos hacían llorar a Gloria Felipe, en especial el de Michoacán, el estado de Consuelo, donde vivía su hija Alicia con sus padres. Los Miranda Felipe habían ido en familia a Tlalpujahua de Rayón un par de veces a lo largo de los años —a la primera comunión de Alicia, a la misa y fiesta de las bodas de oro de los padres de Consuelo—. Y esa oración bordada con el nombre de su hija había además conmovido a Gloria Felipe porque sabía que esa bondad con la que la gente se había organizado para ayudarles, era la misma con la que Consuelo jugaba con sus hijos. Existía la bondad. La bondad existía en cómo Consuelo les cantaba y enseñaba a cantar rancheras a sus hijos, la misma bondad con la que les ayudaba a afinar a sus hijos desentonados, la misma con la que los bañaba diario a pesar de estar lejos de Alicia, a quien no criaba y a quien había cantado y bañado contadas veces. La bondad existía como también existía el mal que la apartaba de su hija.

El nombre de su hija era el único botón sensible que tenía, como si Gustavo, Luis, Jesús y Carlos, sus cuatro hijos en paquete, hubieran pasado a segundo plano. Habían recibido cantidad de cartas, llamadas por parte de desconocidos, todas las muestras de apoyo como los círculos concéntricos que hace una piedra que se avienta al agua quieta. Muchas de esas historias secundarias conmovían a Gloria, como si fueran regalos, pero eran, a su vez, regalos innecesarios: lo único que le hacía falta era lo único que no tenía y sentía un hueco que nada lo llenaba. Los falsos secuestradores que se fueron acumulando con el tiempo y con el dinero de la recompensa que crecía su madre, también crecía la cantidad de historias de falsos secuestradores, se juntaban como un montón de cosas inservibles, apiladas una encima de la otra. Lo único que hacían era viciar el aire en su casa, acaso para recordar que lo único que quería era lo único que no tenía. Nada era suficiente para Gloria hasta que su hija no volviera a casa.

Una de esas tardes, Gloria la pasó sin hablar. No respondía a sus hijos ni a su marido, la pasó mirando la ventana hasta que el sonido indescifrable de la voz de su marido la llevó a tomar un cenicero de la sala y a encerrarse en el baño. Sentada en el escusado, con una franela que sacó del gabinete, pasó largo rato limpiando ese cenicero que siempre estuvo limpio.

Fue complicado llegar hasta ese punto, pero al día siguiente que su hija le contó lo de la captura de Catherine Richardson, y como si el zapatito falso de su nieta al que se había aferrado su hija fuera la gota que derramó el vaso, Ana María se decidió a sacar su as bajo la manga: iría a ver a la bruja, una mujer a la que acudían políticos y varias de sus clientas, que era mejor conocida como La Jefa. Ana María había escuchado historias, por aquí y por allá, en las que diferentes clientas la mencionaban. Para Ana María eran historias simpáticas, ocurrentes; en el mejor de los casos, curiosas, porque además de que era católica, le costaba creer que las cosas que le habían relatado fuesen ciertas; que las cosas que le pedían a La Jefa, así como así, ocurrieran. Sin embargo, había un resquicio por el que le entraba la duda. Ella misma tenía el don de adivinar entre sus clientas si iban a tener niño o niña con ayuda de una cadenita con una cruz que siempre traía consigo, que giraba en un sentido u otro y, en tiempos en los que no había ultrasonidos, a Ana María la habían ido a visitar una cantidad de mujeres embarazadas. Con todas había acertado, siempre había adivinado si era niño o niña. ¿Qué pasaba si eso a gran escala era posible? ¿Qué pasaba si esa mujer podía adivinar más que una pregunta sencilla, adivinar cosas más complejas, darles pistas de dónde estaba su nieta?

Vestida elegante, como solía vestirse Ana María, llegó a una casa de ladrillos de una planta con dos ventanas y al fondo se veía un cuarto de ladrillos sin ventanas. Una adolescente con cara de niña y pechos grandes le abrió la reja de alambre y la condujo hasta el cuarto apartado. Le dijo que su abuela no tardaría en llegar. Había perros, gallos, gallinas sueltas, cerdos en un corral y un búho en una jaula de la que colgaba un suéter viejo, roto, como una cúpula de lana raída. En el camino, Ana María distinguía olores que en contraste con la ciudad le resaltaban aún más: caca de animales, tortillas secándose al sol sobre una tabla, madera en un fogón, frijoles cociéndose en una olla de barro, hierbas, grasa, orines, tierra seca, más caca bajo el sol directo. En el cuarto, Ana María miraba las velas esquinadas, de distintos tamaños, algunas prendidas. Notaba lo oscuro que era el cuarto, el olor a encerrado y las distintas hierbas frescas separadas en pequeños montones sobre la mesa. Estaba mirando algunos de los picos despostillados en una Virgen de Guadalupe cuando una voz le habló por detrás. La mujer le pidió a Ana María que pusiera su bolsa, su sombrero y guantes en un catre en la esquina, mientras ella movía las hierbas de la mesa a un rincón en el piso de tierra. Llevó una veladora a la mesa y sacó una baraja española de su delantal, le pidió que se sentara frente a ella, primero tenía que hacerle una lectura.

Esto fue lo que dijo La Jefa a Ana María:

«Vamos a ver. A ver, a ver, mija. No me sale si anteriormente vienes de carencia en la familia, pero sí me sale que brillas en tu familia, así como las estrellas, brillas en lo negro. Te miras desde lo lejos, ¿ya te vistes? Mira, acá estás. Pero esta carta me dice que te falta algo más importante que los oros que has hecho. Me dice esta carta que los oros te dan estabilidades, muchas veces a ti Dios te ha dicho aquí lo tienes, ten los oros, mija, pero no te está diciendo eso con esto que te trae conmigo. Ya lo veo, lo voy viendo, vienes por tu familia, me lo dice esta carta al lado de los oros que no la influyen a la familia, le dicen adiós con la espalda, ¿vistes? Vamos a preguntarle a las cartas. A ver, te voy a decir. Acá me dice tu familia está bien, pero ahora está en tormentas. Míralas, acá están en los bastos que llueven recio como las tormentas a toda tu familia, ¿vistes? Tormentas que le siguen las heladas de hielo negro, desas heladas que lo queman todo y lo dejan todo negro el campo. Su mecha, pero mira lo que está al lado. Tienes dichas, aquí me marca que esas dichas las hicistes tú, mira los oros, muchos oros que aquí me dice que hicistes tú y tú con eso puedes sembrar después del hielo negro. Pero por qué no, mija. Aquí veo algo que no pudistes hacer tú, aquí me dice que no avanzas ni puedes ver la cosecha que le sigue al hielo negro porque aquí hay algo. Aquí me dice que tú no puedes salvar al mundo, aquí dice primero tienes que salvar el tuyo.» La adolescente con cara de niña y pechos grandes interrumpió para preguntar si mataban a la gallina ese día o al día siguiente. La mujer salió a darle indicaciones sobre cómo hacer el caldo de gallina y regresó a la mesa con Ana María, comentó lo bien que le quedaba el caldo a su hija, que en ese momento no estaba, pero su nieta iba a preparar la comida. Estaba por decirle más sobre la comida, pero vio la cara de espanto que tenía Ana María y regresó a las cartas.

«Tú no puedes salvar al mundo, mija, primero tienes que salvar tu mundo y eso es lo que me dicen, eso es lo que me dicen aquí con la atención de Dios. No podemos ayudar más de lo que nos ayudamos a nosotras mismas. Nadien puede. Tu frustración es así, salvas a uno, salvas a otro, pero primero te salvas tú, si no te salvastes tú nadien te salva a ti. Nadien te va a salvar, mija. Eso así es. Dame tres cartas, mija. Mira, es que no das un paso sin huarache. Veo que estás en una situación que te arrecia las tormentas y te deja hasta el hielo negro porque no das paso sin huarache. No haces nada que no te beneficie a ti, mija. Siempre tienes que tener un beneficio, que Dios siempre diga los oros son para ti, mija, ¿vistes? Cómo le hicistes para no verte y nomás ver a los demás. Vamos a ver, dame siete cartas. Mira, tú no puedes ver nada si lo que quieres ver afuera no lo ves adentro. Aquí me dice eso no lo quieres ver, ¿vistes? A ver, dime, mija. Tu nieta. Dos años y medio. ¿Seis meses? Quieres saber adónde se la llevaron estos seis meses. A ver, vamos a ver, mija, dame siete cartas. ¿Qué crees que me dicen las cartas? Me dicen santo que no es visto no es adorado. Pero ahí está el santo aunque no lo veas. Que no lo veas no es que no esté el santo, ¿vistes? Nomás que no la ves y por eso no la pueden adorar. Ahí está tu nieta en la copa, ahí está, ¿vistes? Aquí está. Sí, mija. Ahí anda como mi nieta anda en el fogón, no vemos a ninguna, pero ahí andan, ¿vistes? Dime el nombre completo de tu nieta, pon las dos manos sobre las cartas, cierra los ojos, dame tres cartas. Ay, mija, esto lo vas a tener que ver tú, no te lo puedo decir, pero aquí está, mija, lo estoy viendo de la mano de Dios. Es importante que lo veas tú, mija. Te voy a meter en un círculo de fuego. Párate, ponte ahí al lado del catre.»

La Jefa hizo un círculo de sal alrededor de Ana María que se había puesto de pie en medio del lugar, y en voz baja parecía rezar en otra lengua, una que Ana María no conocía. La adolescente con cara de niña y pechos grandes volvió a abrir la puerta con una cuchara de palo en la mano, pero esta vez, al ver a Ana María dentro del círculo de sal, la cerró sin interrumpir. La Jefa echó alcohol mezclado con hierbas al círculo de sal. Le dijo que para ver a su nieta le iba a prender fuego al círculo y Ana María empezó a sentir el calor y a escuchar el tronar de la sal con el fuego que venía del círculo en el piso de tierra. Eran llamas bajas. Ana María no sabía qué hacer con los brazos, con los pies. Sentía calor, escuchaba los granos de sal tronando entre las lenguas de fuego. La Jefa le pidió que cerrara los ojos y se estuviera quieta. Empezó a hablar en otra lengua, la trenzaba con palabras en español como en una trenza de pelo largo, un padre nuestro, unas palabras en otra lengua, otro padre nuestro, otra oración tal vez en esa lengua, otro padre nuestro. Ana María abrió los ojos y la miró con los ojos entrecerrados a través del fuego, con la poca luz del día que entraba de la ranura de la puerta, un gallo cantando al fondo y los ladridos de los perros que se oían a lo lejos y alcanzó a suplicarle que, por favor, la ayudara a encontrar a su nieta.

Perdió dos niños, le dijo La Jefa a Ana María. Aquí están sus niños, le dijo, cierre sus ojos.

Y esa mención inesperada, como una llave que no se había abierto desde que los había perdido en el piso de cemento de un cuarto de azotea, sangrando, descubriendo que eran dos y no uno, que ambos tenían los genitales formados, que eran sus hijos demasiado pequeños pero eran perfectos, uno de ellos con una sonrisa, el otro con la boquita cerrada, como diferenciándoles la personalidad con ese sencillo gesto, era una imagen que Ana María no había vuelto a ver desde que tenía veintiocho años, como si hubiera sepultado esa imagen en un baúl negro que ahora volvía junto con la sensación de las nalgas heladas sobre el piso de cemento, el agudo dolor físico y el olor a hierro que venía de su sangre, esa demasiada sangre, al ver esa sonrisa del minúsculo bebé, ese bebé que era suyo y al mismo tiempo ya no era suyo sino de otro mundo, ese otro mundo, ese mundo que hacía de este un mundo diferente, este mundo terrible en el que no habían abierto los ojos esos dos bebés, este mundo tan diferente en el que tenía en las manos un bebé formado pero demasiado pequeño que no abriría los ojos, esbozando una sonrisa y al volver a ver esa sonrisa empezó a llorar. La Jefa creció el fuego con más alcohol y con ese calor, tan contrario al piso helado en el que Ana María había perdido a sus gemelos, Ana María perdió el control y lloró hasta por su propio nacimiento.

La Jefa rezó en español hasta que Ana María recuperó el ritmo de la respiración. Aquí dejastes tu dolor, mija, le dijo La Jefa, el fuego limpia más adentro que el agua, ¿vistes? Ora sí tú estás limpia, mija. Ahora puedes ver a tu nieta, tus niños los dejastes ya en tu corazón, no en tus miedos, mija. Tu nieta, le dijo, yo no sé dónde está, ni las cartas ni el fuego me lo dicen, pero me dicen que la van a encontrar antes de seis lunas, la oscuridad hoy me la oculta, pero antes de seis lunas la van a encontrar porque ahí está, pero a ti la última luna te lo va alumbrar. El fuego del círculo que rodeaba a Ana María estaba por apagarse, La Jefa dominó el fuego con unos buches de agua que escupió sobre las flamas, rezó un padre nuestro y le guardó un puño de sal quemada en un saquito de manta, con un listón rojo lo amarró, y le dijo que el fuego de su pérdida era el mismo que le iba a alumbrar el camino de vuelta a su nieta. Le dijo que pusiera ese saco de sal bajo su almohada, que un sueño iba a darle lo que necesitaba saber. Ana María le pagó diez veces el dinero acordado, la adolescente las alcanzó en camino a la puerta de alambre, le ofreció capulines maduros de una cubeta metálica que llevaba en la mano y la invitó a comer, pero Ana María apenas pudo agradecerle, le dio dinero a ella también y se fue a su casa.

Esa noche Ana María tuvo insomnio y la visión que había tenido de sus gemelos, a sus casi sesenta años, era tan vívida como si los hubiera perdido ese mismo día. Como si emocionalmente el tiempo se congelara en el dolor y ni un solo segundo hubiera pasado entre ese instante y este otro. Tenía veintiocho años y casi sesenta años en el mismo instante. El olor de la sangre, el peso de los bebés completamente desarrollados pero minúsculos, ligeros, pequeñitos y perfectos —el siempre imperfecto dolor—, expulsarlos ahí en un piso de cemento agrietado, las nalgas frías en el piso. Lo que le descontroló el llanto en casa de La Jefa fue haber recordado los nombres que había pensado para cada uno de sus hijos ese día que los perdió y decidió nombrarlos allí, darles un peso en este mundo, el peso de sus nombres sin tiempos verbales, sin pasado ni futuro, esos nombres siempre en presente, y pensando en esos nombres tan presentes como ese día, como si llevara años ocultándolos de sí misma, esos nombres que nunca había revelado ni quería revelar a nadie, se quedó dormida poco antes del amanecer.

Durmió una hora. Soñó con las aguas termales a las que iba con su padre poco antes de que él muriera, aunque en el sueño ella tenía por ahí de cincuenta años, y en esa escena imposible mantenía una conversación con su padre sobre tipos de paellas. Despertó con la vívida sensación de haber estado con su padre hablando de paellas sin que él tuviera dificultades para escucharla, después de no verlo desde los trece años, hablando de algo sobre lo que nunca había pensado, por qué sería que su papá regresaba del Más Allá para hablarle de tipos de paellas y para contarle que la mejor salchicha picante que había comido en su vida la había probado en un pueblo andaluz. Con dolor de cabeza, los ojos hinchados, entre la niebla de esa conversación que terminó en la mejor salchicha picante que había comido su papá, llamó a Beatriz para pedirle que atendiera a las clientas con las que había quedado a primera hora de la mañana mientras con una mano tocaba el saquito con sal.

No contó nada de su visita con La Jefa a su hija ni a su yerno, ni les contaría nada, pero llamó al comandante Rubén Darío para pedirle una actualización en la búsqueda. Estaba dispuesta a joderlo diario a partir de ese momento, llamarlo tres veces al día y engordar la suma de dinero con tal de que su nieta no se perdiera, a diferencia de esos niños que perdió. No, no estaba dispuesta a ver a su nieta muerta como había visto muertos a sus dos niños cuyos nombres se guardaría hasta su último aliento.

10

Los Miranda Felipe llevaban seis meses sin saber nada de su hija. Como pareja alegaban, discutían poco, pero cuando peleaban podía arder Troya.

Ese día empezaron a discutir por un permiso que les pidió su hijo Jesús para pasar el siguiente fin de semana en casa de un amigo del colegio. Su padre le dio permiso, pero Gloria no quería que su hijo durmiera en otra casa. Así empezó. Jesús salió del cuarto de sus padres esa noche, los dejó peleando y empezó un incendio: Gustavo sugirió que Gloria había tenido la culpa de que se hubieran llevado a su hija, por qué la había dejado a cargo de una persona desconocida, en qué cabeza cabía; Gloria culpó a su marido de no haber hecho nada para que su hija apareciera, le decía que solo su mamá movía palancas, que él no hacía nada. Uno lastimaba más al otro en su siguiente reclamo. El incendio crecía, su cuarto estaba en llamas y si se incendiaba la casa, ambos rescatarían el fuego.

La pelea creció hasta que Gustavo se quedó callado, dejó de contestar, que era su forma de encabronarse y dejó de hablarle a su esposa un par de días, que era su forma de manipularla. Gloria en esos días le reclamaba a su esposo a través de sus hijos, que era uno de los modos en los que ella lo manipulaba. No se soportaban. Evitaban estar en el mismo espacio y, si se cruzaban, costaba estar cerca de ellos. Si Gustavo se hubiera atrevido, se hubiera salido de la casa unos días para disipar la nube de tierra que no lo dejaba respirar dentro de su casa, ¿pero adónde se iría? ¿A casa de Ana María, a quien consideraba una madre para él? Él, que había perdido a sus padres hacía tiempo, y cuya familia era su suegra, su esposa y sus hijos, ¿adónde iba a ir? El único otro lugar adonde habría querido estar era en casa de su suegra, pero en el mismo segundo que le cruzó por la cabeza le pareció innecesario. Imposible, incluso, dejar a su familia. A los cuatro niños les quedaba claro que habían pasado a segundo plano para su mamá, eran personajes secundarios hasta que no apareciera la protagonista, su hermana, y su padre estaba distante con ellos en esos días. Para él no habían dejado de existir; al contrario, estaba tan presente para ellos como siempre, pero se había peleado con su mujer y se sentía distanciado de sí mismo esos días, como mirando su propia vida a través de un vidrio. Tavo entendió que había tensión entre sus padres, trataba de conciliar, y, mientras tanto, se hacía cargo de los cuidados de sus hermanos menores. Tanto su padre como su madre lo usaban de mensajero para comunicarse cosas prácticas.

Les gustaba alegar, pero este había sido uno de los pleitos que más los había lastimado. Ciertamente estaban en la peor situación de su vida, una que ni en sus pesadillas hubieran imaginado. A los dos les cruzó la idea de dejar su casa, su familia, la situación en la que estaban, como si todo cupiera dentro de un saco de cascajo que pudieran botar en un tiradero. Carlos esos días empezó a orinarse en los pantalones del uniforme escolar, empezó a usar más palabras cuyo significado no entendía del todo, como si buscara aparentar que ya era un niño más grande al tiempo que se empezó a orinar y cagar como un bebé. Consuelo lavaba su ropa, ahorrándole los regaños de su padre que seguramente irían acompañados de un cinturonazo, que por mucho que los amaba, los golpeaba para ponerles límites, como antes se hacía. Y más un hombre criando a sus hijos varones, tal como lo habían criado a él. Gustavo padre estaba irascible, cuestiones chicas explotaban como si fueran magnas. No tenían tamaño las cosas para él, todas eran igual de grandes, y Gloria no tenía muchas ganas de verlo ni de hablar con él, se sentía sola y, si en algo estaban de acuerdo, era en

112

que ambos se sentían igualmente solos. Y otra cosa: ambos creían tener razón. Discutían por cualquier cosa defendiéndose, atacándose. De hecho, Gloria Felipe y Gustavo Miranda se habían conocido alegando.

Se conocieron en una posada navideña. Ella tenía 15 años, él tenía 21. A Gustavo le había parecido una mujer atractiva. ¿Qué tenía en la mirada que a Gustavo le hacía sentir tan cómodo, le hacía sentir como en el rincón más cómodo de su casa, como si la conociera de antes? ¿Qué tenía en su forma melodiosa de hablar entre risas que le caía tan bien? Ni siquiera le estaba hablando a él, le hablaba a otra chica y así, sin más, en la fila del ponche le dijo, al tiempo que cruzaba los brazos, «yo la conozco», hablándole de usted, y Gloria sabía que eso no era cierto, nunca antes había visto a ese joven flaco, de nariz afilada, bien peinado con una raya de lado que se dirigía a ella, pero le pareció simpática la forma de acercarse y le hizo un comentario superficial sobre la posada. Discutieron sobre la letra de un villancico mientras se acercaban al ponche. Gloria estaba segura de que la canción decía una cosa, Gustavo aseguraba que decía otra y discutieron, entre risas, coqueteo, pero ambos estaban seguros de tener la razón. Las primeras veces que salieron a pasear, Ana María mandaba a su madre de chaperona a las citas y varias veces Ana María y su madre comentaron cuánto les gustaba alegar a los dos. Les divertía hacer bromas al respecto, recrear las discusiones, más que tórtolos, le decía su madre a Ana María, esos dos parecen pajarracos rezongando por unas migajas que ninguno de los dos picaba. Se engancharon discutiendo desde el día en que se conocieron. Del otro lado de la moneda, podían hablar muy bien, largas tardes que se fueron convirtiendo en una cadena de años. Como un mismo fuego —cuando platican, cuando alegan—, las llamas crecían a la misma altura por igual.

Una amiga de Gloria del bachillerato se iba a casar. Ellos llevaban años de novios y a Gloria le pareció que la ocasión daba para hablar de formalizar la relación. Gustavo no estaba muy convencido de quererlo hacer en ese momento. Necesitaba una mayor estabilidad económica para ofrecerle la vida que le daba Ana María. La vara estaba muy alta. Gloria invitó a Gustavo a la boda de su amiga y ese hecho desató una discusión que se enredó entre ir a la boda de su amiga y casarse ellos mismos que desembocó en una decisión impulsiva por parte de Gustavo de distanciarse de Gloria. No se habían acostado, ambos tenían sus creencias al respecto, sentía que no se debían nada y separarse le parecía justo para los dos. Y durante cinco meses no se hablaron. Gloria era una mujer digna, orgullosa y, aunque lo extrañaba, estaba segura de que tarde o temprano terminarían regresando cuando una amiga suya le dijo que había visto a Gustavo con una chica paseando de la mano por un parque. No quiso saber más, su abuela le decía que no lo buscara ni muerta, le decía «tú estás para escoger, no para que te escojan». A Gloria le dolía saber lo que estaba sucediendo y pasó noches enteras dando vueltas a cómo pudo haber sido esa escena de Gustavo tomando de la mano a una chica en el parque. Se hizo ciento y una películas diferentes en la cabeza de lo que sería si estuvieran juntos de nuevo. En su insomnio se reprochaba no haber hecho otras cosas con él, no haberle dicho otras cosas, pero una mañana decidió seguir el consejo de su abuela y no buscar a Gustavo ni siquiera dentro de sí misma. «Date a deseo y olerás a Poleo», le dijo su abuela comiendo pan dulce de desayuno, una expresión que hacía referencia a uno de los perfumes más caros de la época. Gloria, de hecho, esa mañana desayunando con su abuela se relajó. Lo soltó. Siempre había querido aprender a cortar el pelo y aprender a peinar. Se metió de lleno al salón de belleza. Empezó a experimentar peinados elaborados que las clientas fueron solicitando con más frecuencia. Las clientas comentaban a Ana María y a su madre lo minuciosa y bien hecha que era Gloria. Un día, una clienta a la que Gloria estaba peinando le dijo que quería presentarle a su hijo, que la invitaría a su casa a la siguiente ocasión.

Poco antes de los cinco meses y unos días antes de una fiesta a la que esa señora invitó a Gloria para que conociera a su hijo, Gustavo la buscó para decirle que la extrañaba y que quería estar con ella. Él sabía que regresar con ella significaba casarse y le propuso que se casaran de una vez. Después de todo, a Gustavo le parecía que con nadie podía platicar como platicaba con ella y, además, le parecía una mujer atractiva. La verdad es que le gustaba mucho. Quería hacer una familia con ella y quería tener cerca a Ana María, quien muy desde el principio fue una figura de apoyo para él. A Gloria le gustaba hablar de todo con él, lo quería. Al poco tiempo de volver, Gustavo le pidió la mano de su hija a Ana María y a su abuela, y ella dijo: «¡Qué buenas noticias! Ya era hora de que terminaran con ese noviazgo tan largo de una vez por todas, yo invito la boda.» Y Ana María lo llamó hijo por primera vez, sin calcular la importancia que eso tuvo para Gustavo.

Una semana antes de la boda de su hija, todavía su madre le dijo a Ana María que cómo le hubiera gustado que no se hubiera divorciado de su marido para que él, y no ella, la llevara hasta el altar en la iglesia. Para ella era un pecado divorciarse. «Es tu cruz», le dijo cuando Ana María le informó que se divorciaría, como le dijo cuando el español —al que no vamos a nombrar— le contagió una infección venérea por haberse ido nunca supo con quién, nunca supo dónde, poco después de que naciera Gloria. «Es tu cruz», también le decía cuando se quejaba con su madre de que llegaba borracho o cuando la maltrataba, le gritaba. Incluso le dijo «es tu cruz» cuando perdió a sus gemelos en la golpiza. Después de todo lo que ella había vivido, pensaba Ana María, que su hija y Gustavo discutieran era cosa de personalidades, ellos querían estar juntos y Gustavo, lo tenía claro para entonces, era un muchacho de buen corazón, lo único que le parecía valioso en una persona, especialmente en el hombre que quería compartir la vida con su hija. La noticia de la unión de su hija con Gustavo le parecía buena también para ella, como si la vida le presentara en su yerno la posibilidad de reconciliarse con los hombres que había echado a todos en el mismo saco y con un tema con el que había estado peleada tanto tiempo, sin ganas de conectar con nadie en lo íntimo después de su divorcio. De modo que existía un hombre joven sin vicios, recto, comprometido, sin ningún interés por demostrar su masculinidad de maneras violentas, como el español —al que no vamos a nombrar—. Ana María estaba segura de que Gustavo, además, sería un excelente padre para sus nietos, cosa que cuando ocurrió, rebasó cualquier expectativa. Le importaba criarlos, cuidarlos. Gustavo disfrutaba ser papá. Le gustaba cuidar y era un hombre cariñoso.

Gustavo Miranda y Gloria Felipe se casaron el 22 de octubre de 1933. En su boda bailaron su canción de novios, y Gustavo le pidió a la banda que tocara el villancico que escuchó el día que conoció a Gloria en la posada navideña. Contó en público cómo había conocido a Gloria, con ese mismo villancico de fondo, le dirigió unas palabras de amor a Gloria y todavía entre aplausos, la banda empezó a tocar música para bailar. Ana María, conmovida y feliz, abrió pista, fue la primera en bailar con Gustavo, la abuela bailó con Gloria, muy extraño para ese tiempo, y Ana María fue la última en dejar la pista. Habló con todo quien pasaba por la pista, hacía gala de su hija y yerno, y se divirtió como nadie. Fue un día muy feliz para ellos dos y para Ana María, pero ella, además de pasarla increíble, se reconcilió con su pasado, como si la boda de su hija fuera también una luna nueva, el festejo de la vida y las alegrías juntas, todo lo que no le había traído ese matrimonio desgraciado con el español —al que no vamos a nombrar—. Ni en su propia boda la había pasado así de bien.

Se publicaron fotografías del bodorrio en algunas revistas y secciones de sociales en los periódicos. Su abuela, que era como la archivista de la familia, había recortado todo lo relacionado con la boda, y Gloria lo conservaba en un cajón dentro de una caja de madera, junto con otras fotografías sueltas y álbumes familiares en su clóset. Había conservado el vestido de novia y el atuendo completo, incluidos los zapatos que llevaba el día de la posada navideña en la que conoció a Gustavo, ambos los tenía guardados en una caja hecha para almacenar ropa que su madre le había traído de un viaje (dentro tenía un papel con olor a rosas que perfumaba las telas). A Gustavo le parecía normal que su esposa hubiera guardado el vestido de boda, era algo que solían hacer las mujeres casadas, pero que hubiera guardado también el atuendo que llevaba puesto el día que se conocieron en la posada navideña le daba ternura cada vez que veía esa caja al fondo del clóset.

A Gustavo le gustaba la rutina, le gustaba leer Historia Universal e Historia de México, le gustaba escuchar el radio, siempre en la misma estación, usar calcetines siempre azules o negros, nunca de otro color, mucho menos de rombos o líneas, ni lo mande Dios, y le gustaba conmemorar fechas, todo tipo de fechas. Cada año, en el festejo de su aniversario de bodas, le mandaba a hacer un pequeño dije a su esposa con el material que correspondía a su aniversario de bodas. El primer año, al poco tiempo de darle un dije ingeniosamente hecho con papel blanco en una cadenita de plata, Gloria dio a luz a su primer hijo. Ana María se desdobló, se volvió a doblar en dobleces para desdoblarse más veces por su nieto Tavo. Las primeras noches del recién nacido en casa fueron días felices, así sin más: días felices.

Y ¿qué pasaría con ellos dos si no encontraban a su pequeña hija de poco más de dos años y medio? ¿Y qué pasaría si la encontraran sin vida? No se atrevían a pronunciar siquiera la palabra muerte, como si no existiera esa palabra, de la misma manera en la que no hay una palabra para los padres que pierden a sus hijos. ¿Y qué pasaría si la gente o la persona que se la llevó la hubiese lastimado de alguna forma? ¿Qué pasaría con ellos dos? ¿Qué harían con la culpa? ¿Y qué sería de ella como madre si alguien hubiera abusado sexualmente de su hija? ¿Y qué pasaría si le hubieran hecho algún tipo de daño físico? ¿Qué pasaría si no volvieran a ver a su pequeña hija Gloria Miranda Felipe que pesó 4 kilos y 200 gramos al nacer la madrugada del 30 de diciembre de 1943?

Una tarde, Gloria Felipe salió de su casa y se perdió. La estuvieron buscando durante horas. Gustavo estaba desesperado, Ana María estaba segura de que la iban a encontrar, pero no se imaginó que su hija fuera a aparecer hasta la madrugada. Los niños no se enteraron, Consuelo les inventó un cuento, aunque ella misma estaba asustada, preocupada por la señora. Tal vez si estaba perdida, ella también merecía estarlo. No había explicación racional ni explicación médica para esa tarde que Gloria Felipe se perdió.

Gustavo y Gloria estaban tensos. Nadie podía darles garantías de nada. Como suspendidos en medio de la nada. Todos sus esfuerzos habían sido vanos hasta el momento. Como mirándose en un espejo negro, uno no podía devolverle el reflejo al otro y, tal vez, como en una isla desierta, sin comida ni horizonte, comerse como caníbales en sus peleas era la única salida que encontraban para al menos poder decirle al universo que no entendían cómo mierdas era que su hija no estaba con ellos.

Estaban en una alegata ociosa cuando sonó el teléfono y una voz masculina dijo: «Yo he visto a su hija.»

11

Esa mañana Nuria Valencia escuchó en el radio, desde su escritorio en las oficinas del consultorio del cardiólogo en el Hospital General, a un locutor narrando cómo habían rescatado a un menor que se hallaba en custodia en la frontera con Estados Unidos. El locutor cerraba su intervención diciendo «pero seguimos sin noticias de la niña más buscada de México». Esto dio pie para que Constanza dejara de teclear en la máquina de escribir, y le comentara a Nuria lo preocupadas que estaban su madre y ella por el caso de la niña, además de que ese caso las había hecho aún más aprensivas en los cuidados de su hijo. El niño estaba por cumplir cuatro años. La joven y su madre habían tenido que tomar precauciones movidas por el miedo de que alguien fuera a robarles a su «peque», que era como Constanza llamaba a su hijo. Le preguntó cómo llevaban la aprensión en casa.

Nuria se abrió por primera vez con su compañera de trabajo. Le contó lo poco que habían salido con Agustina a la calle. Le habían puesto las vacunas que correspondían, la habían llevado al registro civil para concluir el trámite de adopción, la habían llevado a casa de su suegra en Xochimilco, pero no mucho más. No la habían llevado a casa de sus padres en Morelos. Tenía prohibido salir a la privada, a la calle ni se diga, casi no salían con ella. La verdad era una suerte que sus padres hubieran podido venir a quedarse con ellos y a cuidar a la niña mientras ella y Martín trabajaban. Tal vez, se le ocurrió a su compañera, ahora que nuestros peques salen poco a la calle, podríamos juntarlos uno de estos días para que jueguen y, si quieres, puedo pasarte alguna ropita que ya no le queda a mi peque, igual algo le sirve a tu pequeña, le dijo Constanza, también algunos juguetes de cuando era más chico. A Nuria le pareció una buena idea, la oferta de ropa y juguetes era útil, aunque no indispensable, y era también buena idea que Agustina conviviera con otro niño, pero la distancia que habían marcado ella y su compañera hacía tiempo atrás parecía haber trazado una línea de tiza entre sus dos escritorios, como la línea que dibuja un escenario, y era imposible que Nuria la cruzara. ¿Cómo se iban a ver afuera del hospital? Parecía forzado, como un actor hablando con un espectador a la salida del teatro, donde Nuria era espectadora de su muy suelta y sociable compañera. Se sentía incómoda de solo pensar en tener una relación con ella fuera del trabajo. Constanza, a diferencia de Nuria, tenía una vida social activa con algunas compañeras fuera del hospital, y, sin detenerse en concretar fechas, siguió de frente hablando de cómo otras madres en la guardería, una de las prestaciones del Hospital General de México, habían cambiado sus costumbres con los meses que pasaban del secuestro de la niña Gloria Miranda Felipe, cómo habían prácticamente aislado a sus peques, le contaba, como si vivieran en medio de una pandemia que vulneraba sus vidas con solo salir a la esquina.

Nuria Valencia solía caminar mirando el pavimento, mirando las grietas, las líneas, las junturas sin prestar atención a sus alrededores, pero esa tarde, luego de la jornada laboral, levantó los ojos: se fijó en las calles, en los parques, estaba receptiva a las frases sueltas y la conversación con Constanza tuvo ecos en su camino. Era una ciudad sin apenas menores, una ciudad en la que hasta hace unos meses había niños y niñas jugando en las calles. Los tres menores que vio de camino a casa iban de la mano de un adulto. Era cierto, los tiempos habían cambiado. Se daba cuenta de que lo que en su casa pasaba a una menor escala era una realidad de escala mayor, mejor dicho, una realidad nacional. A veces el impacto de una historia no se puede medir sino por el efecto que tiene, y el caso de la niña Gloria Miranda Felipe había limitado el desarrollo de Agustina, como, apenas se enteraba, había pasado también con el hijo de Constanza. Y, lo intuía, lo sabía, con tantos niñas y niños más. Ahora que lo pensaba de camino a su casa, Agustina tenía expresiones de adulto. De sus padres imitaba ya algunas frases formales que eran sobre todo de su padre quien tenía la costumbre de hablar con cortesía a la clientela en la ferretería, y de su madre tenía el «mande usted» y un «desde luego» que Agustina soltaba seguido, además de algunos diminutivos que más que hacerla parecer una niña la hacían sonar como una abuelita cordial. Por no mencionar las canciones más desgarradas que le había enseñado su otra abuela, con quien compartía nombre. ¿Qué efectos tendría este encierro a futuro en tantos menores? ¿En qué dirección cambiaba el desarrollo de los menores en el encierro a partir de la ola de violencia que amenazaba con arrebatarlos de sus familias? El camino de Nuria ese día de vuelta al trabajo a su casa parecía, por primera vez, tener una vista aérea de la ciudad. Una ciudad muy distinta a la que es ahora: los volcanes al fondo en el aire limpio como una sábana recién lavada y tendida al sol blanco que todo lo ilumina; colonias céntricas que en su momento eran los límites de la ciudad; hace demasiados mapas atrás, los ríos corriendo entre autos, gente, casas y edificios y el sol reflejándose en sus formas inestables y onduladas, en su cauce en movimiento, una ciudad lacustre, entonces con olores de naturaleza entremezclados con el concreto; las tiendas con otros nombres, con nombres únicos, nombres completos, nombres que ya no existen ni en las fotografías ni en la memoria de los hijos de aquellos peatones que las miraban a diario; los camellones sobre Reforma con amapolas en flor; fines de semana en los que se iba a pasear al Zócalo, en los que se fotografiaba a la gente en sus paseos. Esa ciudad que no existe más, que

algún día existió, como existe una mujer llamada Nuria
Valencia que caminaba del trabajo a su casa y que se pregunta en este momento de la historia cuántos niños como
su hija habían truncado su desarrollo con el hecho de no
poder salir a las calles, en algunos casos ni salir a las escuelas debido a ese clima de inseguridad.

El Estado no tenía la capacidad de frenar la ola de robos y secuestros, el caso de la menor Gloria Miranda Felipe
era la bandera negra de este problema nacional en el punto más sensible: las hijas, los hijos. Había tenido que pasar
tiempo para que Nuria dimensionara que lo que le pasaba
a ella, le pasaba a tantas otras personas: el terror a que alguien le arrebatara a su hija. Se imaginó cómo sería. Le do-
lería, se imaginó. Un dolor inconcebible, se imaginó. No
quería ni imaginarlo, pensó. Mejor pensar en otra cosa.
Esa tarde al llegar a su casa, quiso hacerse cargo de su hija,
a pesar de que Martín quería dormirla, Nuria necesitaba
dormirla esa noche. Martín se resignó y aprovechó para llamarle a su madre que tenía un problema con el arrendador
de su local en Xochimilco. Por alguna razón, la niña estaba molesta con su madre y la llamó Nuria. Ya la llamaba
mami, y ese hecho desinfló a Nuria como si su hija tuviera
una aguja y ella le ofreciera un globo inflado a manos lle-
nas. La niña se daba cuenta del poder que tenía sobre las
emociones de sus padres adoptivos. Nuria escondió que
su hija la había lastimado llamándola por su nombre y le
leyó *El patito feo* antes de dormir. La niña le pidió que esa
noche no le acariciara el pelo y Nuria respetó su petición.
Le pidió que tampoco le tocara el brazo y Nuria la respetó.
Nuria tenía miedo de que alguien les robara a Agustina,
que se la llevaran de su casa, pero nunca le había cruzado
por la mente que su hija quisiera apartarse de ellos, como
hoy se apartaba de ella. ¿Qué pasaría si llegado un momento Agustina no quería saber nada de sus padres adoptivos?

Nuria se quedó acostada en la cama de la niña un rato más preguntándose qué recordaba Agustina de su vida

anterior, hasta qué día recordaba, ¿hasta dónde recordaría cuándo fuera adulta? Los límites del lenguaje de la niña eran un cuadrado que Nuria conocía centímetro a centímetro, que había seguido día a día, y en ese cuadrado, Agustina apenas había dado a entender alguna cosa que tenía que ver con el jugo que tomaba antes, también había mencionado que antes le gustaban los bombones, pero no mucho más. ¿Habría tal cosa como un antes y un después de ser adoptada en su memoria? ¿Recordaba o recordaría algo? ¿Recordaba algo? Qué tal que con el tiempo y con la expansión de su lenguaje, Agustina pudiera recrear su pasado completo como una astrónoma nombrando todas las estrellas que de pronto formaban un mapa estelar rechazando, con el nuevo conocimiento, el pequeño planetario que sus padres adoptivos le habían ofrecido.

Había sido difícil que a Martín y a ella los llamara papi y mami, pero se había dado. Pero, qué pasaría si la niña, en facultad de sus derechos, se negaba a que ellos fueran sus padres. Un nuevo miedo se enquistó en ella. ¿Con qué soñaba su hija? ¿Las cosas que soñaba y que no era capaz de verbalizar ni describir eran cosas que había visto en su vida pasada, en la vida antes de vivir con ellos o eran sueños con referencias a su presente? Y qué haría en el futuro si su hija les recriminaba la adopción, qué tal que se aparecía de la nada su padre biológico. O, peor aún, qué pasaría si Agustina les diera la espalda y cerrara la puerta a su vida para nunca más dejarlos entrar. O qué pasaría si Agustina se autodestruía en la adolescencia, si se entregaba al alcohol o a cualquier vicio como aventándose al vacío. Si en un desplante de rabia, se hacía daño, por ejemplo, enojada, colérica, por no encajar en el mundo, un mundo lleno de familias «normales» —que hoy conocemos como heteronormadas— y al no sentirse lo suficientemente amada por sus padres biológicos, ¿quién podría amarla? La autodestrucción. Después de todo, si sus padres biológicos, sus abuelos biológicos no la habían querido, ¿por qué tendría que quererse ella misma? Todo esto era posible: lo peor era posible donde lo mejor había sido posible. Por qué no estaba hecha la sociedad para otros modelos de familia, se preguntaba Nuria en la cama de Agustina, acostada sin fuerzas, como si esas preguntas le hubieran cortado los hilos a ella, un títere desguanzado y triste, cansado de dar la misma función una y otra vez. Pero Nuria no era capaz de ver que estos miedos que le brotaban como sombras que cambiaban de formas no eran más que la ansiedad de no tener el control. No poder controlar. Controlar que algo le fuera a pasar a su hija, que su hija se quisiera ir, que su hija se quisiera lastimar, que alguien quisiera arrebatársela, llevándose así la felicidad que habían encontrado Martín y ella. ¿Por qué no simplemente confiar? Confiar en el amor que sentía por su hija, por su marido, por sus padres, por todo lo bueno que sentía que era la presencia de Agustina que proyectaba ese teatro de sombras que Nuria miraba en el insomnio, sin fuerzas para levantarse, cada segundo más aterrador.

Esa noche Nuria se quedó dormida un ratito en la cama de su hija y esto fue lo que soñó: la casera que les rentaba el departamento, una señora a la que no habían conocido en persona —el único trato que tenían era con uno de sus hijos—, pero en el sueño parecía ser una señora atenta, vestida de una manera sobria. Entraba a la sala de casa de Nuria como si se conocieran. Las paredes destilaban agua, dejando en manifiesto por dónde pasaban cada una de las tuberías de agua —agua, eso, como las emociones que fluyen—, como si las paredes sudaran de los ductos. Nuria pasaba una mano para mostrarle los daños en los muros, una mezcla que se formaba de pintura blanca, agua, cal, una plasta, una plastilina que se le quedaba en la mano al pasarla por la pared, como si fueran muros moldeables, como si la casa, tal vez, fuera una casa con vida, una casa viva. Eso no era lo peor. En el cuarto de Agustina, que en el sueño no estaba en la casa, cosa rara, porque dónde estaba la niña sino dentro de la casa, pero en el sueño, Nuria le mostraba a la casera cómo en el cuarto de Agustina lloraban las paredes. Lloraban como alguien que llora de tristeza. Vertical caía el agua de las paredes como la lluvia que de nada sirve de tanto que llueve. Como si el agua guardara un secreto. Nuria le preguntaba a la casera cómo vamos a reparar esto y ahí se despertó, antes de que la casera diera respuesta, de madrugada. Le pasó la mano por la frente a Agustina que estaba sudada y el fleco se le había pegado, se le habían formado unos rizos de pelo nuevo, unos circulitos perfectos que peinó con la mano, le acarició la frente, le dijo te amo al oído y se pasó a la cama con Martín que roncaba a pierna suelta.

Nuria no podía conciliar el sueño, le enojaba lo fuerte que su marido roncaba, aunque lo cierto es que así roncaba, ¿por qué esa noche le molestaba? Nuria estaba acostumbrada a eso, era parte de su vida diaria. Estaba enojada con él, tal vez porque en pareja es más fácil echarle la culpa al otro antes que verse adentro. Tal vez de la misma manera en la que, en sentido contrario, el amor solo es posible dirigirlo a otro para poder sentirlo. Estaba enojada porque Agustina la había llamado por su nombre. Estaba enojada porque su marido no la había despertado de ese mal sueño. Había tenido un mal sueño y tenía la sensación de que su casa tenía una falla interna, la misma falla interna que tenía su propia vida; esa falla que permitía que su hija adoptada marcara distancia llamándola por su nombre de pila, su hija adoptada que le marcaba distancia llamándola por su nombre. Eso era lo que le enojaba de fondo: que Agustina no fuera su hija biológica.

Los ronquidos de su marido subieron de volumen y eso le pareció insoportable. Insoportable su marido, insoportable su cuarto, insoportable su cama: insoportable ser ella. Lo movió del hombro, lo cambió de postura, a ver si así bajaban los ronquidos, pero parecía haberlo puesto en una posición que lo hacía roncar acompasado, más fuerte, más molesto para ella. Se encabronó, despertó a su marido con un reclamo, Martín respondió más dormido que despierto, y dejó de roncar. Nuria seguía encabronada a pesar de que su marido ya no roncaba, le molestaba ahora la respiración de Martín, tal vez porque encabronarse con la pareja es el mejor escondite para el miedo más profundo. La ira contra la pareja, esa emoción tan escandalosa capaz de esconder todas las otras emociones.

12

Una noche Ana María Felipe fue a una fiesta y decidió estrenar el anillo costoso que había comprado hacía unos días, en el aniversario del primer negocio que había abierto junto con su madre. Aunque ella no lo ponía con estas palabras, en ese arco de tiempo había llevado los rubros profesionales en los que se desarrollaba a un nuevo nivel que antes no existía en México —desde ese minúsculo primer salón de belleza con el que empezó hasta su bien conocido salón de belleza, sus varias tiendas de ropa y su exclusiva tienda de vestidos de novia—, era la primera mujer en hacer negocios que alcanzaban esas alturas, la primera diseñadora mexicana a la que invitaban a las pasarelas internacionales, tenía como pares a los más importantes diseñadores, sostenía amenas conversaciones por teléfono con soltura y expresiones coloquiales de su tiempo en inglés, francés e italiano, contaba con un equipo de trabajo numeroso principalmente conformado por mujeres que quizá no habrían podido encontrar su propia independencia económica en ese contexto opresor. Su nombre se asociaba al buen gusto; su presencia, al carisma. Le fascinaba la vida social, disfrutaba el trato con las personas y era correspondida con creces por la mayoría de la gente con la que trataba. Los días no solo parecían multiplicarle los bienes y el prestigio, sino que parecían también ampliar los alcances de una mujer, no únicamente talentosa, sino también una destacada mujer de negocios en la década de 1940. El anillo que acababa de comprarse, eso —también eso— resumía.

En varias conversaciones que tuvo en los pequeños círculos a los que se integró, se tocaba y jugaba con ese anillo como si sus uñas rojas fueran flechas que apuntaban a su esplendorosa joya. La pasó bien, se sentía tranquila como hacía tiempo no se sentía y, además, se sentía orgullosa de haberse podido comprar ese anillo resultado de su trabajo, doblemente orgullosa, entendió en esa fiesta, de habérselo comprado con el dinero que ganaba haciendo algo que disfrutaba hacer, un regalo que su quehacer diario le daba, esa otra joya invisible para los demás que su anillo de alguna manera le recordaba esa noche. Un anillo en esas manos que empezaron tocando el piano en un cine mudo, esas manos que hacían posible lo que quería gracias a la educación que alcanzó a brindarle su padre.

Con poca modestia, estaba segura de ser una de las pocas personas en esa fiesta capaz de haber construido una vida lujosa, mejor dicho, lujosísima haciendo algo que le gustaba. Ese anillo para Ana María, al menos en esa fiesta, era una corona, no una corona cualquiera comprada con dinero, era la corona de su libertad. Después de todo, ella había materializado los vestidos que imaginaba cuando joven, le gustaba trabajar a sus casi sesenta años con esas dos manos que le debían tanto a su padre y a su madre, ambos fallecidos hacía ya tiempo, y que parecían también brillar en ese anillo con todo lo que ella había alcanzado. Todo lo que había hecho con esas manos desde que comenzó a tocar el piano en el cine mudo lo coronaba con ese anillo que si brillaba con cierta luz, destellaba aún más con determinada iluminación, ella se aseguraba de hacerlo destacar. Ana María se integraba a un círculo de gente solo para que aquella lámpara le hiciera destellar el anillo. Ahí, una mujer a la que apenas había visto le preguntó cómo iba la investigación de su nieta. Ana María fue sincera, le actualizó hasta donde iba el caso como si la conociera de tiempo atrás. ¿Por qué se sentía ligera hablando de ese tema que antes le pesaba? ¿Acaso era ese el presentimiento de que todo estaba o estaría bien? ¿Qué estaba pasando? Aún no lo sabía, pero tenía una sensación de tranquilidad que le permitía gozar de la noche. Esa noche en la que un hombre siguió a Ana María de círculo en círculo con intenciones de invitarla a cenar, de conocerla de cerca. Un fabricante de telas, tres años menor que ella, con dos hijos y una nieta, que encontraba a Ana María como un imán. Y él, en esa fiesta, como las limaduras de hierro.

Llegó a su casa entrada la madrugada con unas copas de más. Había bailado y la había pasado bien. Hizo su ritual para desmaquillarse y prepararse para dormir como si fueran las nueve de la noche, porque ella, sin importar la hora en que llegara a su casa, se tomaba el tiempo necesario para desmaquillarse y ponerse la pijama con tranquilidad. Se puso uno de sus camisones de seda que tenía al lado del clóset acondicionado especialmente para las distintas pieles. Ana María decidió dejar su anillo en la mesita de noche como si esos diamantes le cuidaran el sueño como los ojos de los lobos y tuvo un sueño nítido en el que estaba, tal vez, en Italia de viaje. No conocía el lugar en el que estaba, era una mezcolanza de estampas con algunos rasgos de aquí y allá, una ciudad collage con el canal veneciano, una catedral parecida a la que había ido en Milán y le había dado de comer a unas palomas en la plaza, un restaurante al que había ido en Cuernavaca y una esquina de la colonia Polanco, donde tenía otra de sus tiendas. La otra esquina era idéntica a una que había visitado alguna vez hacía mucho tiempo con su madre y su hija Gloria ¿en Guadalajara? En esa esquina en su sueño, había una tienda de ropa infantil, una tienda como del siglo XIX, con ropa fina que atraía su atención. Ana María se ponía a escoger las mejores prendas para su nieta Gloria. En el sueño tenía la certeza de que, al regresar de ese viaje, vería de vuelta a su nieta Gloria y podría darle una selección de esos hermosos vestidos de tul, organza y encajes, sedas color hueso, linos blancos, bordados en hilos de plata y oro, flores diminutas bordadas en hilos de seda en distintos tonos ocres. Parecían los vestidos de la colección de un museo, vestidos hechos para los infantes de las más antiguas familias. En el sueño, Ana María se preguntó qué pasaría si hiciera una línea de ropa para niños, al tiempo que escogía algunos modelos para su nieta. En el sueño tenía la certeza de que Gloria estaba en casa de su hija y su yerno, tenía la seguridad de que su nieta estaba en el radar, cosa que no había sentido en los siete meses de su secuestro, así que escogía también unos listones y moños. Estaba segura de que se los pondría pronto a su nieta, a la que tenía tantas ganas de ver, como si la vida al regresarle a su nieta le regresara su paz, y junto con ella, la de sus preciosos gemelos.

Despertó un poco más temprano de lo habitual, aún de noche, tocó el saquito de sal bajo su almohada que le había dado La Jefa, desorientada por un minuto, sin saber si su nieta estaba o no en casa de su hija y yerno. Lo primero que hizo con la salida del sol fue llamarle a su hija para ver si habían tenido noticias la noche anterior, pero ella se soltó llorando al otro lado de la línea. Habían pasado siete meses sin que supieran nada de la niña, su nieta de casi tres años ahora. Sin embargo, Ana María tenía el presentimiento, mejor dicho, la seguridad de que algo estaba por pasar pronto. Tenía la confianza de que venían buenas nuevas. Su nieta estaba por aparecer: que girara el carro de la fortuna, ese carro en el que a veces lo que gira es el mundo sin que nos movamos y así, sin movernos, nos lleva al mejor destino.

13

A inicios del mes de septiembre de 1946, el señor Gustavo Miranda recibió una llamada del periodista José Córdova. Lo citó en las oficinas del comandante Rubén Darío Hernández a la mañana siguiente. Hernández estaba en su oficina, la puerta de madera y la ventana de vidrio dejaba verle a él y al periodista hablando. El señor Miranda entró y cerró la puerta. Hernández llamó a Ignacio Rodríguez Guardiola. En el departamento de Servicio Secreto empezó a especularse que habían encontrado a la niña. Al cabo de unos minutos, los cuatro hombres se despidieron, Córdova salió con el señor Miranda y a la salida una periodista, pendiente de los casos de robo y secuestro de menores en un pequeño diario, les preguntó si habían encontrado a la niña. José Córdova la apartó con un brazo y el señor Miranda pasó de largo. Córdova le dijo a la periodista que no podían revelar nada en ese momento, esperaba que comprendiera el código gremial y le pidió discreción. Pero la periodista se acercó al policía Octavio, quien amarraba una de sus botas rigurosamente boleadas, para preguntarle si sabía algo de la niña. Octavio le contó lo que sabía mientras la periodista tenía la mirada fija en su labio leporino.

A la mañana siguiente, en la puerta del departamento del Servicio Secreto, había un grupo de periodistas que esperaba la llegada del comandante Rubén Darío Hernández. Uno de sus compañeros le llamó a su casa, le dijo que tenía público esperando que declamara los poemas que sabía de memoria. Esa misma mañana en el radio algunos locutores especularon con el posible rescate de la niña, algunos aventuraron cómo habían dado con ella. Las aguas estaban turbias en la opinión pública. Por la tarde apareció la primera columna en la que se hablaba de la importancia de que la policía de la ciudad demostrara pericia en tan delicado caso. Es una cuestión de Estado, decía el columnista, y el Estado debe tener la capacidad de controlar el robo y secuestro de menores, de lo contrario, el gobierno de Miguel Alemán demostraría desde el inicio del sexenio haber cedido su poder al crimen.

A la mañana siguiente el comandante Rubén Darío Hernández tuvo varias menciones en la prensa y varios periodistas lo esperaron a la puerta de las oficinas del Servicio Secreto, pero esa mañana tampoco se presentó, lo que hizo crecer los rumores en la prensa. Por la tarde, más periodistas se aglomeraron esperando las palabras oficiales con respecto al caso, pero nadie en la oficina de Servicio Secreto estaba autorizado a hablar sobre el caso de la niña Gloria Miranda Felipe.

El sábado 7 de septiembre de 1946 a las 11:11 de la mañana el periodista José Córdova llegó a las oficinas del Departamento del Servicio Secreto cargando a la niña Gloria Miranda Felipe, unos pasos detrás iba el comandante Rubén Darío con la camisa manchada tal vez de jugo de zanahoria o de birria, a saber, y dos policías custodiaban a una persona. La prensa asumió se trataba del secuestrador de la niña, también a saber, pues aún no era claro. En cuestión de minutos llegaron la señora Gloria Felipe y el señor Gustavo Miranda, que entraron corriendo, ignorando las preguntas que lanzaban al aire los periodistas, en su mayoría hombres. Ana María Felipe entró aprisa, dejando una estela de perfume floral y ligero a su paso. La niña había sido rescatada apenas hacía hora y media cuando las mesas de redacción ya preparaban la noticia en espera de recibir la historia completa. ¿Qué había pasado? ¿Quién lo había hecho? ¿Cómo lo había hecho? ¿Por qué lo había hecho? ¿Dónde había estado la niña todo este tiempo?

Segunda parte

En esta sección, dada la limitante de mi trabajo como tercera persona, transcribiré las declaraciones en primera persona, tal como lo hice cuando habló La Jefa, la bruja a quien visitó Ana María, quien, en efecto, acertó y encontraron a la niña antes de las seis lunas. En fin. Esto fue lo que dijo el policía Rubén Darío Hernández a los periodistas:

Estimados compañeros de la prensa, gracias por estar aquí presentes. Sabemos que este caso ha sido de interés nacional y es de nuestro agrado comunicarles que la menor Gloria Miranda Felipe de dos años y ocho meses fue encontrada después de siete meses y tres semanas de pesquisa y fue entregada con vida a sus familiares. La menor no presenta ninguna lesión de índole física como tampoco de índole psicológica. Desde el día 22 de enero del presente año, en este ambiente de robos y secuestros que azota a nuestra patria, nos dimos a la tarea de buscar a la menor junto con los otros casos de los menores desaparecidos. De los 27 casos que han llegado al Departamento de Servicio Secreto, hemos rescatado un total de 18 menores, incluyendo a la menor Gloria Miranda Felipe. Sirva esta ocasión para reiterarles que estamos comprometidos a resolver todos los casos. Como es de su conocimiento, compañeros de la prensa, se ofreció desde el inicio una suma económica para incentivar a la ciudadanía a dar pistas que nos coadyudaran a encontrar a la menor. Quiero hacer público el trabajo destacado del periodista José Córdova, quien ha sido un elemento clave para culminar con el rescate de la menor Gloria Miranda Felipe. El compañero periodista se empeñó con tesón en colaborar anteponiendo como bien último la reconstrucción de nuestra sociedad ante estos agravios a nuestros hogares cuyas familias constituyen el corazón de nuestro México. Quiero también revelar ahora, estimados compañeros de la prensa, que desde enero del presente año comisioné a algunos compañeros policías para que fueran a diferentes colonias en nuestro airoso Distrito Federal para que recabaran información en torno al hurto de los menores. Los compañeros policías, siguiendo mis órdenes, se disfrazaron de payasos, panaderos, vagos, vendedores de lotería, boleadores de zapatos, vendedores de periódicos, veladores de guarderías y hasta disfrazados de tiernos animales alcancé a comisionar a tres compañeros para que visitaran un hospital, tres guarderías y siete centros de educación escolar asumiendo su importante servicio a la nación. También siguiendo mis órdenes, los compañeros policías asistieron a cantinas y pulquerías, como también lo hice personalmente, en busca de los posibles secuestradores. También cuento con los informes de jardines públicos, parques, ferias, circos, cines y teatros en el esclarecimiento de los casos. Fue gracias a estos informes y reportes que logramos localizar los 18 casos que hoy damos a conocer. Quiero aprovechar el interés de ustedes, compañeros de la prensa, para hacer de su conocimiento este importante logro que tenemos hoy como sociedad: pues un hogar que recupera a sus hijos es el hogar al que hoy llamamos con orgullo México. Le agradezco su aplauso, compañero. Permítanme también hacer mención de la destacable labor del compañero Ignacio Rodríguez Guardiola, con placa de servicio 576, quien se disfrazó de cartero y que fue quien dio con la vivienda donde estaba secuestrada la menor Gloria Miranda Felipe. Grandes ventanales permitían ver que en el interior de un departamento en la primera planta en la colonia Guerrero, en la calle de Violeta 31, una pequeña con un sospechoso parecido a la niña Gloria Miranda Felipe, por la ventana miraba al exterior mientras dos personas de edad adulta jugaban a la baraja en un antecomedor. Extrañándole al compañero el parecido de la niña en el ventanal con la niña buscada por este departamento de Servicio Secreto desde el 22 de enero del presente año, el compañero con la placa 576 comenzó a extrañarse más de la actitud de la menor pues ella no se encontraba jugando en el patio del domicilio como jugaban los demás menores. Así que se presentó durante una semana a entregar cartas falsas que efectuamos solemnemente en este departamento de Servicio Secreto, las cuales yo mismo redacté, y el compañero Rodríguez Guardiola se tomó la licencia de preguntar en ese domicilio por qué la menor no salía a jugar con los otros menores. Durante esa semana en este Departamento de Servicio Secreto urdimos los pormenores y detalles para el rescate de la menor. Fue así como en el departamento de Servicio Secreto con la coadyuvancia del cuerpo policiaco, sumado a la investigación y tesón del periodista José Córdova, urdimos el plan en estas oficinas en las que hacen favor de acompañarnos, compañeros de la prensa. Lo primero que encontramos fue que el nombre de la menor enclaustrada no coincidía con el de la menor buscada. Se informó a este departamento de Servicio Secreto por los vecinos de la colonia Guerrero en la calle de Violeta 31 que la niña buscada era la misma que se asomaba por aquellos ventanales a ver a los otros niños jugar. Fue entonces que iniciamos la investigación en el Registro Civil y así constatamos que se trataba de la menor buscada, la menor Gloria Miranda Felipe, nada más y nada menos. Para hacerlo de su conocimiento, quisiera brindarles más información, pero aún debemos finiquitar algunos interrogatorios en este Departamento de Servicio Secreto, y no quisiera yo, en mi condición de responsable superior, faltarles en detalles y precisiones ya que este caso de interés nacional lo requiere. Baste decir lo más importante al día de hoy, 7 de septiembre del presente año, para la atención de todos los mexicanos: la niña Gloria Miranda Felipe fue rescatada por el cuerpo policiaco en este México que reconstruimos para un próspero mañana. Gracias por su aplauso, compañero. A reserva de volverme a dirigir a ustedes sobre este tema de interés nacional, compañeros de la prensa, sin más que decir por el momento, agradezco de antemano el interés que han tenido en este caso que es ejemplo del arduo trabajo del cuerpo policiaco por combatir este sensible y sobremanera serio problema de los crímenes en contra de menores de edad. Nuestro airoso Distrito Federal está seguro en manos del cuerpo policiaco y el Servicio Secreto y, junto con el Presidente de la República Mexicana Miguel Alemán Valdés, les extendemos el mensaje de que hoy nuestro airoso Distrito Federal es un Distrito Federal más airoso y más seguro para nuestros hijos que son el futuro de la Suave Patria. Me gustaría retirarme con unos versos del Poeta de México, Ramón López Velarde:

> «Suave Patria: te amo no cual mito,
> sino por tu verdad de pan bendito;
> como a niña que asoma por la reja
> con la blusa corrida hasta la oreja
> y la falda bajada hasta el huesito.»

Gracias por sus aplausos y chiflidos, compañeros del cuerpo policiaco. Ahora procederemos a finiquitar los interrogatorios, realizados en coadyuvancia con los compañeros involucrados en el caso, y una vez tengamos listos los reportes, aquí mismo los convocaré para revelarles los resultados de los antes mencionados.

Esto fue lo que le dijo al policía Ignacio Rodríguez Guardiola y a la taquimecanógrafa Guadalupe Orellano, Josefina López, la administradora del edificio La Mascota en la calle Bucareli en la colonia Juárez, hoy llamadas alcaldías, pero vamos a hacer caso omiso de esto último:

Yo no sé, joven, la verdad a mí mi madre que en gloria esté, siempre me dijo Josefina cómo te gusta la manta fiada, no te metas en lo que no te importa. Eso mejor pregúnteselo al Poeta o al Periodista que ahí estuvieron. A mí pregúnteme los chismes, joven, esos yo me los sé todos. No por nada me llaman La Diosa del Chisme, con toda modestia, joven. Pues en el mercado. Así como usted despacha en su oficina, el chismecito rico lo despachamos fresquecito y a precio en el mercado, joven. Bueno, una cosa es ser La Reina y otra muy diferente es ser La Diosa, que soy yo merengues. Si yo le contara todo lo que sé, hasta le escribo un libro así más gordo que la Biblia de puritos chismes. Le digo que yo de eso no sé, pero para eso tiene a toda la prensa que dicen de todo lo que pasó en estos meses, es más, si le hace interrogatorios a las piedras estoy segura de que saben contestarle mejor sus interrogaciones que yo. Todo México se enteró de lo que pasó en la casa de los Miranda Felipe, pues imagínese, no es para menos si secuestraron a su niña. Es que no me oyó bien, la secuestraron siete meses, siete mesesotes, no ve que eso es una eternidad para una madre, pero usted qué va a saber de eso si está muy joven, joven. Yo ya pasé los calores de la edad y mi hijo ya hasta abuela me hizo con dos retoños, pero se me hace que usted todavía no le ha tocado recoger su corazón achicopalado en el piso. Así en el tapete de entrada, ahí tirado para limpiar suelas. Qué va usted a saber de la vida si no ha vivido. Ya ve, ni tequila me ofrece y ya ando despegando los boleros con la pura agua que me da, sí o no. Le digo, de números yo no sé nada, no me pregunte, joven, si quiere números váyase con los de la lotería, esos hartos números le pueden dar, a mí pregúnteme quién se agarró con quién, quién dejó a quién, a quién vieron paseando con quién. Pues le digo, mi trabajo es ver, a mí me pagan por ver en el edificio y Dios Nuestro Señor me da la gozadera de ver todo lo demás. No, fíjese, eso sí que no, un matrimonio a la buena de Dios, los Miranda Felipe son como palomas de patio de iglesia. Son buenas gentes, sus cinco hijos también son buenas gentes, muy hacendosos, ¡el mayor hasta trapea y sacude! Sí, yo lo he visto trapear y sacudir con mis ojos. Así como me ve vestida yo lo he visto que hasta cocinar sabe, y ahora que secuestraron a la niña Gloria hasta de nana de sus hermanos hizo con Consuelo, yo lo veía al niño haciendo cosas con Consuelo y decía a mí denme media docena como dese niño. Mi hijo, ni le cuento, de milagro no se le cayeron las manos de tender su sábana por las mañanas. La señora Consuelo es un alma de Dios. Esa sí es buena, joven, no como una, pues a mí no me dan órdenes, y si me dan órdenes que sean de tacos, sí o no. Consuelo de veras que es buena, yo creo que si hay un ateo, con sus bondades ella lo hace cura. La señora Ana María harto, pero harto dinero tiene. Dicen que es de las señoras con más biyuyu que hay. Es distinguida, tiene montones de dinero y siempre anda de sombrero, guantes y medias de seda, con sus tacones clac clac por aquí, clac clac por allá. Yo digo lo que toca es oro, que si compra esta casa por allá, que este negocio por acá, que esta otra casa… Dicen que compra casas por kilo. Así como uno compra limones, así compra ella casas, joven. El edificio ese donde está su tienda de vestidos de bodas es de ella, el salón de belleza es de ella, sus otras tiendas creo que si las renta, pero dicen que tiene hartos arriendos de sus propiedades. Yo no sé qué hacen las gentes con tanto dinero, sí o no. Ella se dedica a vender ropa y hacer chongos, los más caros de México eso sí. Que si las lentejuelas, que si las chaquiras, que si su olán, que si su encaje, que si le ponemos un perico en el chongo, mejor pérese le ponemos un molcajete en el pelo con el perico ahí anidando. Yo una vez le dije a la señora, ni el cielo estrellado de noche se ve así de bonito como el vestido que trae, porque sí parecía cielo estrellado, así traía las lentejuelas hasta mejor puestas que las estrellas en la noche porque hace los vestidos mejor que Dios hace las noches que luego ni estrellas les pone, tal vez Dios es tacaño, pero a la señora Ana María en cada fiestón hartos vestidos de esos le piden, y cada uno cuesta como un arriendo. Dicen que desde antes de que apareciera su nieta le hizo la ropa para la foto. Yo digo quién quiere vestir a mocosos en trapos finos si van a terminar orinados, sí o no, Lupe. La foto que le tomaron a la niña Gloria, esa que le tomaron hace rato para los periódicos de la tarde, fue con un vestido que le hizo la señora. Ese, le digo. Pero dicen que ya lo tenía hecho la señora. Dicen que ya tenía el vestido antes de que apareciera la nieta. Ya sabía que su nieta se iba a aparecer y que por eso se lo hizo, porque dicen que fue con una bruja y que le dijo Tu nieta se va a aparecer tal día y a tal hora y no fuera a ser que su nieta se apareciera en el periódico con ropas que le quedaban chicas de un año atrás, ni lo mande Dios, deje me persigno, así que le hizo un vestido bien ponderoso a su nieta, sí o no. Dicen que hasta les dijo a los periodistas ahí me esperan mis bodoques porque se me olvidó el listón de la niña, y allá se fue la señorita Beatriz a traerle el listón porque la señora quería ponérselo a la niña para la foto y todos la esperaron para que su nieta saliera bien ponderosa en los periódicos con sus ropas finas. Todo fuera así, todo fuera preocuparse por las ropas, sí o no. Es lo que yo digo, sí o no, Lupe. ¿La señorita Beatriz? Sí, ella ayudó varias veces a los Miranda Felipe con las llamadas y la de papeles que tuvieron que hacer. Yo la vi ir y venir con estos ojos y con este mismo vestido que traigo puesto. Es la persona de confianza de la señora Ana María. Dicen que fue con una bruja la señora. También dicen que la señora Ana María es medio bruja. Dicen que a sus clientas les lee los números y las manos. Yo cómo voy a saber cómo se leen los números y las manos, joven, ni libros sé leer yo, imagínese las manos. La gente rica siempre quiere que les lean todo, hasta su taza de café y sus pelos en el jabón quieren que les lean, sí o no. Pero dicen que así les lee los números y las manos a las señoras que van a sus changarros. Dicen que les sabe decir a las señoras esta panza es de niño o esta panza es de niña o esta panza es de tacos y que con todas acierta, dicen que unas hasta madrina la hacen de los bautismos porque les dice de qué color comprarle la ropa a los retoños y hasta la van a ver con sus comadres y amigas para que la señora Ana María les diga si traen niño o niña. Dicen que con una medalla adivina, a saber. Pues dicen que tuvo que ir con una bruja, pero de las de a de veras, y que la bruja-bruja le dijo cómo encontrar a su nieta y la señora que llega bien segura a hacerle el vestido a su nieta. Ella no es bruja-bruja, nomás les lee los números y las manos a las señoras ricas, y les dice esta panza es de niño o es panza de niña o esta panza es de tacos. Le digo que no sé de números, que se vaya con los de la lotería, ellos hartos números han de darle. No sé si todo esto que le digo le sirve para interrogatorios, pero yo le condimento el caldo, joven, se lo hago picosito, sabrosito rico, como gusta, sí o no. Hasta se me antojó un caldito a mi decir. ¿O qué no come? Bien tabla me salió. Pues dicen que la señora Ana María algo hizo para encontrar a la niña. Es poderosa. A mí me da vergüenza verla, hasta sucia me siento, aunque ande yo con el pelo mojado recién lavado porque su presencia impone. Pero ¿le digo algo? La señora aunque ande de pijama impone. Porque ella es así bien segura, así camina derechita siempre, bien elegantiosa se abre paso. Quién sabe la de pactos que tiene con las gentes porque ella con puras gentes poderosas anda, está en todas las revistas y en todos los periódicos. Dicen que mastica el inglés, el irlandés y hasta el dan-kiu. Hasta el presidente la invita, que véngase a cenar, señora Ana María, que véngase a desayunar, señora Ana María, hasta favores le hacen los políticos a cambio de las ropas finas para sus mujeres. Le digo que el presidente y los políticos son sus cuadernos de doble raya. Harto tiene. Yo la he visto llegar con cosas finas y regalárselas a un pordiosero nomás porque no trae centavos. Le digo, harto, pero harto dinero tiene la señora. A sus nietos yo sé que les da centenarios de domingo. Así monedotas de oro, del tamaño de las tortillas las monedas que les da a sus nietos. Gentes ricas, sí o no, joven. Es que así es. Eso se ve, el biyuyu no se esconde porque el oro brilla bajo el sol. Dicen que tuvo una vida muy fea antes, dicen que el marido le fue infiel y ella le dijo hasta aquí, mi amigo, y se fue con su hija así chamaquita. Es divorciada y soltera y no tuvo más hombres. Dicen que ha tenido muchos pretendientes, pero a ella eso no le importa, solo le importan sus changarros. Pues en eso nos parecemos, nomás que yo sin las monedas de oro del tamaño de las tortillas, yo las puras tortillas. A saber, porque es bien parecida. Entre eso y el biyuyu, dicen que ella fue la que empujó para que el caso de su nieta se hiciera así pero bien conocido en todos lados. Si el dinero compra de todo, compra la justicia en este país, con el perdón de usted, sí o no. Para los pobres están las cárceles. Ahí tiene el Palacio Negro lleno de pobres. Yo digo que así le dicen al Palacio Negro por nuestro color de piel, sí o no. Porque ahí no entran gentes blancas. A poco cree que en las cárceles hay gentes como la señora Ana María, ni Dios lo quiera, deje me persigno dos veces, no, mejor tres, no vaya a ser. Lo bueno de estas cosas que pasan con los ricos y sus

143

billetes es que ayudan a los otros, se hace un escándalo por todas partes porque alguien les pisó una pata. Si en el edificio parecía que estaban haciendo una película todos los días, que vivían actrices famosas, le digo. Cámaras, reporteros, de todo vi yo. Yo ya ni podía salir con mi mandil, no fuera yo a salir en las primeras planas así con el mandil lleno de masa, no, joven. Pobre sí, pero vanidosa más. Y cochina nunca. Ser humilde no es lo mismo que ser buena, a mí que nadie me diga humilde por pobre, yo tengo harta vanidad y dignidad, yo esas las derrocho como los ricos derrochan sus billetes. Si yo estoy hablando con usted, imagínese cómo estuvo la cosa y más con todos esos quesque secuestradores que querían nomás el dinero de la señora Ana María. Hasta un zapato le mandaron a la señora Gloria igualito al que traía su niña ese día. Pobre, yo con el zapatito la vi rezando. El Poeta acaba de decir que fue el caso de la niña el que le abrió los otros y el que los obligó a rendir cuentas porque les explotaron los frijoles. Un batidero. Más les vale quedar bien con el nuevo presidente. Porque todos le hacen mucho argüende al biyuyu, pero qué tal a los pobres, ni las gracias nos dan, sí o no. Los pobres somos los que trabajamos en las tuberías, los prietitos como yo, como usted, qué le voy a contar si veo que anda como yo persiguiendo la chuleta disfrazándose de cartero. De milagro no andaba disfrazado de payaso, imagínese que así lo hubieran agarrado con las manos en la masa con su nariz roja para la foto y así que vestido payaso se hace famoso en los periódicos con sus zapatotes de colores. Yo no le voy a mentir, sentí harta felicidad cuando encontraron a la niña Gloria, yo recé mucho al Santo de la Familia, a Nuestro San Antonio de Padua, para que nos hiciera el milagro, pero eso es una cosa y otra es que el Poeta haya ido tras el biyuyu, eso, con el perdón de usted, se sabe. La de billetes que no le ha de haber dado la señora Ana María para la parada de cuello que se dio el Poeta. A mí no me dan atole con el dedo, a mí por eso me reconocen como

La Diosa del Chisme. Pues pregúnteme, usted mucho lápiz, mucho apunte esto, mucho mecanografía esto, Lupe, pon en la máquina lo que dice la doñita, Lupe, pero la señora Ana María compra todo a biyuyu o me va a decir que no compró a biyuyu el rescate de su nieta. Y pues a la policía le gusta el biyuyu, eso lo sabe quien sea, Lupe, anote eso. Y el Poeta tiene una esposa y tienen un hijo, como el Periodista, sí, ese tal Córdova, que está de buen ver, Lupe, sí o no. Ese está casado también con una señora que se llama Brenda y tienen dos chamacos. Yo frecuenté al Poeta y al Periodista en el edificio, una vez hasta café les hice y les pregunté harto por sus señoras. Sí, tiene una esposa que se llama Bren-da. Sepa Dios por qué les ponen esos nombres raros a las niñas aquí en México que No-Spik-Inglich. Pues tienen dos hijas el Periodista y su esposa Bren-da-In-Inglich, y un hijo tiene el Poeta. Si debiera ver cómo se ponían de acuerdo con Ana María y cómo se cuadran con ella. Por más que usted no quiera que yo le hable de esto, yo se lo tengo que decir, joven, la señora Ana María es más jefa que los jefes. Dicen que cuando fue con la bruja, la bruja-bruja que dicen que les da de beber sangre de animales a los políticos así como si fuera birria —ya hace hambre, Lupe, sí o no   , le dijo dónde estaba la niña y que ella les dijo al Poeta y al Periodista dónde estaba la niña. A usted le dijeron vaya acá con su disfraz de cartero para guardar las apariencias, pero ellos ya sabían, necesitaban algún cuento, y ahí fue usted a poner su carota de noticia. Yo soy de la fe católica, apostólica y romana, Dios me perdone, a mí eso de las brujas me parece de las sombras. Pero así bien frías y hediondas, como el pescado me parecen las sombras. Es que no lo puedo comer, me hace daño, joven, es el mismito diablo para mí el pescado. Y la costa de donde soy es el infierno mismo con hartos diablos. Pues a usted alguien le dijo vaya allá a la Guerrero a la calle no-sé-cuánto y haga no-sé-cuánto-más y disfrácese de cartero. La señora Ana María se fue a untar sangre de mula pinta y a bailar como gusano en comal caliente para pedirle a las sombras que le dijeran dónde estaba su nieta y por eso a usted lo mandaron ahí. Usted y yo sabemos que lo que manda en este país es el biyuyu. Y ese nunca es para los prietos: es para los blancos, las flacas y las guapas. Yo prietita, del tamaño de un refrigerador, le digo. El mundo es para los que tienen las figuras como la señora Ana María, cómo se conserva así de bien a sus sesenta años, siempre bien comida, bien vestida y bien perfumada, sí o no. Yo creo duerme con los tacones y los labios rojos que se despiertan diciendo qué bella soy, dónde está mi cafecito y dos sirvientas uniformadas de sirvientas, que no se vayan a confundir los ricos ni vayan a subir por las escaleras de los ricos, deje me persigno, le llevan una el cafecito y otra el huevo en plato de plata y si tiene antojo la tercera sirvienta le lleva la papaya en trozos. Todo fuera así, sí o no, Lupe. A uno qué le van a andar llevando comida, si uno tiene que andarla correteando, no se nos vaya a pelar la chuleta, todo fuera así como la vida de la señora Ana María que piensa en ropas y chongos, sí o no. Yo en ese edificio llevo trabajando más años que usted años en esta Tierra, joven. Y dicen que más sabe el diablo por viejo, y más sabría el diablo si además le gustara el argüende como a mí, pero es muy serio el Don, más serio que una nalga el Don Diablo, nomás mire el mal, los asusta a todos, y eso que le faltó al diablo es lo que a mí me sobra. Yo por eso también gozo mi trabajo porque me entero de la vida de todos. Yo soy de las que sigue a alguien en la calle porque le está contando algo a otra persona, no soy de las que gustan de los suspensos. A mí me cuentan qué le hizo el desgraciado a la muchacha que va contándole sus penas a otra muchacha. Ahora imagínese que en el edificio donde vivo y trabajo estaba el ojo del huracán. La señora Gloria Felipe se demacró mucho con el secuestro de la niña, yo y todos en algún momento pensamos lo peor, imagínese ella, la de cuentos que no se contó, ahí sí me persigno como la madre y abuela que soy. Que se la

146

habían robado, hasta se llegó a decir que la habían matado porque no habían entregado la recompensa, decían que por su culpa, que porque entregaba más paja que billetes. La pasó mal. Pero mal, la señora Gloria la pasó mal. Si al siguiente día la vecina del departamento de al lado salió por patas. Una gringa, sí, la Catrina ojiazul con sus tres hijos dijo gus-bye, mis amigos, ahí se ven. Pero no me va a entender ni el día que tenga sus propios hijos porque lo que sufre una madre no lo sabe más que otra madre, y mire que yo que tengo retoño y hasta retoñitos tengo le sé decir el infierno por el que pasó la pobre señora Felipe nomás de ponerme en sus zapatos. Yo creo que lo peor que le puede pasar a una madre es lo que le pasó a la señora Felipe. Yo por eso me ofrecí a ayudarla. Tomó unos medicamentos que le perdían la mirada, se la dejaban así como huevos tibios. Yo varias veces le traje los medicamentos de la farmacia. Hasta uno me tomé un día y bien feliz andaba yo, con ganas de baile y baile. Bajó mucho de peso, yo sé que dejó de comer porque la veía cada vez más delgada, así como jabón se iba adelgazando con los días la señora. Antes entraba y salía con bolsas de comida para sus hijos, pero le digo que su hijo el mayor, Gustavo se llama como su marido, se empezó a hacer cargo con Consuelo. El menor, Carlos, ese es el más cercano a la niña. El señor Miranda, entre la oficina de Teléfonos, su casa y la comandancia. Como ese queremos uno todas, bueno, yo ya no, Lupe, pero tome nota, ese sí es un buen padre y un buen esposo, con este mismo vestido que traigo yo lo he visto. La señora Ana María entre sus viajes, sus eventos sociales y los billetes para los quesque secuestradores. No sé cuánto, le digo que mejor vaya a otro lado con esas preguntas, joven, váyase a la lotería ahí le regalan números. Lo que sí dígame usted que es policía, quién es ese señor que llegó con la señora Ana María, yo no lo había visto. No le digo. Yo rápido me enteré de que no le hicieron nada a la niña. Alcancé a oír aquí que hasta abuelos le decía la niña a los que se la llevaron. Ni sus cinco nietos le pueden decir abuela a la señora Ana María, es vanidosa, sí, le dicen Ana María esto, Ana María lo otro, pero a los secuestradores sí les decía abuelos. De suerte que a la niña Gloria la trataron como nieta y ni un pelo le tocaron, eso sí es de agradecerle a Dios Nuestro Señor que me escucha. Por eso le digo. Sí, eso es lo que yo digo. Ninguna mujer debiera pasar por las penas de la señora Gloria ni del señor Gustavo, que yo los vi sufrir. Yo le digo que lo que está mal es que las cosas se resuelvan a puro biyuyu. Le digo que lo que está mal es este país donde se resuelven las cosas así, sí o no. Los secuestradores van al Palacio Negro. Pues bien merecido, el crimen no se lo discuto. La ley también tiene su razón de ser, sí o no, joven. Por eso aquí andamos soltando la sopa. Pero yo digo que está mal este país porque los niños robados se encuentran a billetazos. Eso es lo que está mal de este país, la justicia se compra con biyuyu. Yo creo que es un problema de Dios Nuestro Señor porque si solo se tomó siete días para hacer este mundo, mire, no le dio tiempo de hacerlo bien, mire el cochinero que nos dejó. Le hubieran dado de menos una quincena para hacer el mundo, sí o no. A mí deme ya no diga siete días, deme siete minutos, un trapeador y una cubeta y verá cómo de bien dejo estas oficinas, incluyendo la entrada donde todos esos reporteros bailaron el jarabe tapatío con tanta pregunta. Imagínense. Eso les pasa por darle el mundo al Dios de arriba y no dejárselo a la Diosa del Chisme, porque ahí otra historia estuviéramos contando. Más entretenida de menos, sí o no. ¿O a poco les gusta el café solo? Todo es más sabroso con azúcar, sí o no.

Esto fue lo que dijo la menor Hortensia García García de 12 años de edad, implicada en el secuestro de la menor, al periodista José Córdova:

Sí. Sí fui yo, señor. Sí, sí fui yo, señor. Yo recogí a la niña. Me pagó bien. Yo no había podido darle a mi mamá tanto dinero antes. Era una oportunidad. Era la oportunidad, señor. No todos los días nos ofrecen tanto, señor. Mi hermano y yo vemos por ella. Sí. Tiene catorce años cumplidos a la fecha, sí, señor. Voy a cumplir trece a fin de mes. Sí. Mi mamá tiene cuarenta y seis. Siete, que diga. Sí, señor. Mi mamá está en silla de ruedas. Está así desde hace unos años. Seis años, señor. Sí. Agua nada más, por favor, señor. No tengo hambre. ¿Mande usted? Sí me gusta el pan dulce, pero no tengo hambre, señor. Pues está en silla de ruedas, la atropelló un coche. Le cruzó por acá y le atravesó por acá, sí. Le amputaron una pierna. Ahí conoció a la señora, sí. Son amigas de ahí. Mi mamá es enfermera. Era enfermera. Sigue siendo enfermera, pero ya no trabaja. Ella sabe de todo para curarnos, pero mi hermano y yo la cuidamos. A mi papá no lo conocimos. Mi mamá dice que era un doctor, pero no lo conocimos mi hermano y yo. Dice mi mamá que se murió, pero dice mi hermano que un día lo vio con otra familia en La Alameda, con otros niños más grandes que nosotros. Dice mi hermano que esos niños se parecen a nosotros, pero que no le hizo caso cuando le dijo papá. Sáquese niño, le dijo, como si fuera un perro callejero que le pedía comida. No conocemos a nadie de la familia de mi papá, ni sus nombres sabemos. No, señor. Mi mamá y mi abuelito, que en paz descanse, hasta que nos hicimos cargo de ella mi hermano y yo. No se casó nunca, no, señor. Mi abuelito fue como mi papá. Allí vivimos los tres nomás. Mi hermano trabaja, carga mandado y agarra trabajos donde puede. Yo también. Dejamos la escuela. Yo hice hasta la primaria, mi hermano también. En la primaria, señor. Para qué necesitamos más estudios si lo que necesitamos es comida en la mesa, por eso ayudamos a mi mamá. ¿Mande usted? Tiene una pensión, pero no alcanza, señor. Yo baño a mi mamá y le hago la comida. Mi hermano la despierta y la duerme y le da todas sus medicinas. Sí, señor. Son amigas. Yo de ahí la conozco. Un día me fue a buscar para invitarme a merendar. Al merendero. No me fijé, señor. Churros y café con leche. A veces tortas. No, eso es lo que me gusta a mí. Me gustan los lecheritos y los churros, y la señora pasó por mí y me llevó al merendero. Ella pagó la merienda. Me dejó pedir churros para llevarle a mi mamá y a mi hermano que nos alcanzaron hasta el desayuno. Ahí me pidió que le ayudara a buscar familias con varios hijos porque necesitaban uno para adopción. Así me dijo, señor. No, no sabía, señor. Me habló del dinero que me iba a dar. Mucho, señor. Doscientos pesos, señor. No había podido yo llevar tanto dinero a mi casa, señor. Le dije que sí y después de bañar a mi mamá me fui a buscar a los parques donde hay niños. Ahí pasé las mañanas, señor. Sí, así fue. Le estoy diciendo la verdad, señor. Y fui al parque de la colonia Juárez y ahí vi que las familias tienen muchos hijos. Yo los veía uno tras otro. Son familias ricas, sí. Sí, señor. Yo primero vi una familia en la colonia Condesa, esos tenían muchos hijos. La señora me dijo que sean muchos hijos y fíjate en el más chico. Está bien, eso le dije. Sí, señor, yo le hice caso por los doscientos pesos que me dio. Después de bañar a mi mamá me iba al parque en la colonia Condesa a ver a los niños. Era una familia de ocho niños y la mamá de los ocho niños estaba embarazada. Iban a ser nueve cuando se aliviara. En el merendero yo le dije eso. ¿Mande usted? Sí, señor. Le dije que era una familia de ocho niños y la mamá de los ocho niños estaba embarazada. Pero había una cosa extraña. Yo no había visto antes gente que usara sombrerito en las cabezas. Así señor, sí. Sí, así rendonditos como tapitas negras. Sí. Me pareció extraño, señor. No, señor. No lo había visto antes. No sabía. Y estaban los niños vestidos como señores, pero en chiquito, todos de pantalones negros y camisas blancas, todos iguales y unos cordones blancos que les salían como los flecos de las piñatas. Yo no sé, no creo. Yo no lo había visto. Y la mamá de todos los ocho niños estaba por aliviarse y también estaba vestida de otro lugar y traía una peluca. Yo me fijé, señor. Yo le dije en el merendero que esos eran muchos niños, pero la señora me dijo que con los de sombreritos como tapitas negras mejor no. Sepa, no sé. Que mejor me fuera yo a buscar a otra parte. Eso hice, señor, sí. Me fui a buscar a otro parque. Caminé hasta la colonia Juárez porque sabía que era de ricos. Pues muchos ahí tienen cinco hijos o más. Yo vi a la señora con sus hijos en el parque y jugué con ellos y la señora nos dejó jugando. Yo solo la saludaba, señor. No, no le iba a decir nada, señor. Ahí nos quedamos jugando. Yo luego en la merendería le dije creo que esa familia puede ser. Me dijo que ella quería ver antes. Sí, señor, yo la llevé. ¿Mande usted? Sí. Me acompañó a mi casa y me dijo que la niña estaba linda y rozagante. Dijo rozagante, señor, sí y dijo que esa era la niña que quería. Yo después de bañar a mi mamá me iba a ese parque. Me gustan los niños, sí. Yo quisiera trabajar en una guardería, pero no tengo estudios. Sueño con ser maestra de primaria, señor, pero tengo que cuidar a mi mamá y llevar comida a la mesa para ella y para mi hermano. Sí me gustan los niños y los estudios, pero no puedo. No nacimos para los estudios. Yo aproveché para jugar con los niños. Me hice su amiga. Ahí salen a ese parque a jugar los niños que viven en ese conjunto de edificios y casas, señor. Cuando salen de sus patios, se van a ese parque. Me ofreció cuatrocientos pesos para que me ganara la confianza de las familias y eso hice, señor. Compramos carne en mi casa. No, no solemos comer carne, señor. Compramos leche fresca y compramos huevos, gracias a Dios, comida no faltó. Le hacía lecheritos a mi mamá y escuchábamos el radio juntas por las noches. Una radionovela. También le compré un vestido que ella quería. La llevamos mi hermano y yo a las tiendas. Le compré a mi hermano unos pantalones y una camisa y unos zapatos de cuero negro. Yo también, señor. Siempre quise un vestido blanco porque no pude hacer mi primera comunión ni tomar el catecismo. Me compré un vestido blanco para usarlo los domingos. Sí, señor, seiscientos pesos en total hasta ahí. Un día en el merendero me dijo hazlo mañana. Dos mil quinientos pesos de tercer pago. Sí, los dos primeros ya los había gastado y mi mamá había guardado algo en un frasco para que compráramos comida. Sí, señor. Mañana hazlo, me dijo y me dijo cómo. Me dio gises y me dijo que jugara avión con la niña a la hora del día que saliera a jugar. También me dio unas pastillas, señor. Yo ya sabía que la señora llegaba con su hija en la mañana después de dejar a sus otros hijos así que sabía a qué hora llegar para jugar con la niña. Me puse un vestido gris que tengo, señor. No, señor, el blanco solo lo uso los domingos y era martes. Me dio unas pastillas, sí. Me dijo que jugara y cuando se fuera la mamá le diera una pastilla que la niña se iba a dormir nomás y que tomara un taxi para entregársela. Y así lo hice. Fue fácil, señor. ¿Mande usted? Sí, así como le digo fue. Fácil, sí. Pastillas y gises para jugar avión. Nomás le dije que era un dulce, señor. La mamá y la administradora no estaban ahí. Al taxista le dije que era mi hermanita. Sí, señor. La pude cargar sin problemas. No, no está pesada. Cargo a mi mamá, señor. Yo la baño. Yo le cambio la ropa y le lavo sus prendas. La acompaño a hacer sus necesidades. Sí, señor. Tiene una pensión de enfermera, pero no nos alcanza. Mi mamá por esas fechas empezó a necesitar una operación de cadera, señor. Sí, señor, por esas fechas.

Necesitábamos dinero, señor. No tenía de otra, señor. Mi mamá ya no camina, pero le iba a dejar de doler si la operaban. Sí, señor, con ese dinero la llevamos a la clínica. A la semana de eso, con ese dinero. Sí, señor. No. Ya no la volví a ver. Tampoco le pregunté. La señora es gente buena. La adopción es buena. Sí, lo creo, señor. Ayudar a mi mamá es bueno. Me dio el dinero, señor. Ya no la volví a ver. Sí, escuché algo en el radio. Sí. Sí supe que era esa niña que yo llevé. Ahí fue cuando la señora me buscó de noche. Bueno, ahí la volví a ver. Mi hermano le estaba dando de merendar a mi mamá, yo estaba enmendando una falda de mi mamá y llegó, tocó la puerta. Sí, me dijo afuera de mi casa. Me dijo que me pagaba dos mil quinientos pesos para que no dijera nada, señor. Ni yo ni mi mamá ni mi hermano podíamos hablar. Eso hicimos, sí. Pero yo no le había dicho ni a mi mamá ni a mi hermano cómo había ganado el dinero. Les dije que hice un trabajo para ayudar alguien, señor. No le dije, señor. Eso hice. Si usted necesita dinero y le ayuda a alguien es un favor, señor. Es trabajo. No, señor. No. Si usted necesita dinero y le ayuda a alguien es un favor y es trabajo. Todo me tomó unos quince minutos, señor. Fue fácil, señor. Es distinto. Hablo con usted porque ya cumplí mi parte, señor. Pero yo no dije nada porque ella me pagó para que no dijera nada, señor. Todavía tenemos algo de ese dinero. Después de la operación de mi mamá y después de comprar despensas. Usted me ofreció dinero para que lo que le diga salga en el periódico, señor. Le estoy haciendo también un favor a usted, señor. Usted también tiene que llevar comida a la mesa, señor. Me va a pagar también, señor. Fue fácil, señor. Sí, señor, lo volvería a hacer. No me arrepiento, señor. Yo no soy culpable de nada, señor. No voy a ir a la cárcel, señor, porque no hice nada malo y tengo doce años, casi trece. Yo ayudé a la señora y ayudé a mi familia, señor, así como lo estoy ayudando a usted y usted va a ganarse el pan con lo que yo le cuento.

Esto fue lo que dijo Nuria Valencia al policía Rubén Darío Hernández:

No hay en el mundo fuerza como la del deseo. No hay en el mundo mayor peligro que una madre. Usted no me entiende, no puede entenderme. Yo no puedo tener hijos, eso es también ser madre porque tengo la fuerza del deseo. Fui con doctores y todos me dijeron que no podía ser madre. Me dijeron estás seca, todos me dijeron estás seca. Me dijeron eres joven, pero estás seca, y yo me sentía vieja. Me dijeron que no iba a poder ser madre. Quise adoptar un niño en la Casa de Cuna, pero me di cuenta de que los trámites tampoco me dejaban ser madre. ¿Saben lo complicado que es adoptar un niño? Usted no entiende. Vueltas, vueltas, vueltas. Trámites, papeles. Vueltas, más vueltas y nada. Ver a los bebés y niños en la Casa de Cuna sin poder llevarme uno nunca. Un arcoíris ceniizo. Nos prestaron un niño que se llamaba Efraín. Sí. Le curamos la enfermedad que traía de los ojos. Mi jefe nos ayudó a ingresarlo al Hospital Infantil de México. Gracias a él, sí. Ese es su nombre, sí. No lo adoptaban porque ahuyentaba con la enfermedad que tenía en los ojos. Supe que adoptaron a Efraín y su familia nueva se lo llevó a vivir a Guadalajara. Efraín nos mandó una carta el mes pasado. Se acordó de nosotros. Comió churros en Guadalajara y se acordó de nosotros. Mi jefe es bueno. ¿Por qué esa niña? Esa niña me gustó y sabía que la señora Felipe tenía varios niños, ¿qué más le daba tener uno menos? Ya tenía cinco hijos, qué más le daba tener uno menos. Yo pensé, sí. Si no quién, oficial. Qué más le daba tener uno menos. Sí. Además, ella puede tener uno más, hasta dos o tres más si quiere, yo no. Por eso comprendo al mar, lo mueve todo por llegar adonde quiere. Escogí a la más chica para que se acordara poco o nada de su casa y apenas supiera hablar. Cuarenta años de prisión no son nada al lado de no poder ser madre. Yo por eso comprendo al mar. Eso no tiene importancia. Míreme. Eso no tiene importancia. Usted no entiende al océano. Míreme: hay sentencias que valen el delito. No hay en las noches nada que brille más que la luz que dan las estrellas, y el deseo no cumplido es la noche más oscura, mi delito vale la estrella que me trajo. No. Eso no. Le aseguro, no. Esas leyes no las escribieron mujeres. No, no me importa. ¿Qué quiere que le diga? No, no me importa. Aquí estamos. Mi marido allá, mis papás afuera. Mi suegra afuera. Sí, se llama Agustina. Sí, así le pusimos a la niña. Eso no tiene importancia. No tiene importancia lo que me puedan hacer a mí, cuarenta años en la cárcel bien valen después de haber cuidado a una hija. Yo por eso comprendo al océano de noche. A mi esposo, a mis papás y a mi suegra, a ellos no los metan a la cárcel. No. Le digo que no. Que no. No. No tienen nada que ver, no. Yo en esto estoy sola, oficial. Estoy sola como la luna en la noche. Yo sola lo hice. Ellos no hicieron nada. Le digo, pero por más claro que se lo diga usted no me entiende. Como el agua clara le dije mi problema, me dijeron que estoy seca. Mi problema no son ustedes, mi problema son las leyes que no me dejan adoptar que son las mismas leyes que ahora me meten a la cárcel cuarenta años. Mi problema no es que me metan a la cárcel. No. ¿Qué es un final para ustedes? ¿La muerte, la cárcel? Esos no son finales, oficial. Eso no tiene importancia. Nada, eso no es nada. No tiene importancia. Se derrite como el hielo y agua queda después, así me quedo yo después de que cuidé a la niña. No me entiende. ¿Cómo va a entenderme? Mi problema es que no puedo ser madre, mi problema no es usted. Me dijeron que estoy joven pero seca, y de qué me sirve una vida de semillas sin flores. Sabe lo que quiero decir. Que yo esté aquí y usted allá no le da licencia de hablarme así. Claras como el agua le digo las cosas. El agua es clara. Son personas como usted las que agitan el agua y no pueden ver. No me importa, ya se lo dije. Pues sí vi los periódicos, llegan a mi trabajo diario. Vi que no podía tomar leche y no tomó leche la niña en todo este tiempo. Eso no tiene importancia. Pues no lo hice por eso, lo hice porque no tenía salida. Pero ni usted ni las leyes me pueden entender porque usted no es mujer. Las leyes no las hizo una mujer. No tenía otra manera. No había otra manera. ¿Cuántas veces quiere que se lo diga? No, no estoy enferma, no estoy mal, no, oficial, no. Yo no maté a nadie. Ya se lo dije varias veces. No, Martín no supo cómo lo hice. No lo hablamos. Si se dio cuenta, no me lo dijo, pero si usted está casado sabe que las parejas luego no se dicen todo, pero las cosas se saben. Él no tenía mis ansias. Déjenlo. Martín es buena persona, Martín es buen hombre. A Martín le gustaba ser el padre de la niña. Usted no se merece saber que mi esposo tiene honra, pero se lo digo para que sepa usted que sí hay hombres con honra y buena alma, no como usted. Que Martín cuide de mi suegra que está sola y de mis papás que no se merecen este pesar. Ya le dije. No. Nadie más que yo y Dios lo supimos. Sola como la luna en la noche. No tenían por qué saberlo. Cómo cree. Eso no tiene importancia. Le digo: no. Eso no. En mi casa tratamos a la niña como la hija que fue para nosotros. Una estrella. Cómo quiere que le diga. Ese cariño recibió, cómo quiere que la llame. Fue mi hija y la hija de mi marido. Fue nuestra. Que no la parí no quiere decir que no la traté yo como a una hija. Usted no entiende. Qué va a entender. No, no quiero cacahuates. No, oficial. No, a la niña nunca la tratamos mal. Al contrario, le dimos el amor y el cuidado que merece una hija. Sí. Sí, la niña aprendió a llamarnos papi y mami, como nosotros la llamamos hija. Agustina, por mi suegra. Agustina Fernández Valencia, sí. Una estrella. Esa niña es una estrella para mí y estoy segura de que para Martín también. Abuelitos, sí, así les decía a mis papás.

No, a la mamá de Martín le decía Tina. Así, Tina le decía. Agustina Mendía. No. Eso no. Setenta años tiene, creo, ¿o 71? No, ella vive en Xochimilco. Mis padres sí. Se mudaron con nosotros. Gonzalo Valencia y Carmela Pérez de Valencia. Él tiene 57. Es de profesión ferretero. Ella ama de casa. Sí, 53. De Morelos. De Cuernavaca. Ahí crecí cerca del campo antes de venirme a la capital. Con nosotros. Desde que la niña llegó se vinieron de Morelos. Yo les pedí eso. Ferretero y ama de casa. Eso no tiene importancia. Vive de su pensión. Ella sí trabajó. Mi suegra vive de su pensión, sí. Eso no tiene importancia. No le voy a contestar porque no le incumbe si mi suegra estuvo o no con más hombres. Ella es mi familia y no voy a decirle más. Eso no tiene importancia. No. Sí, yo trabajo con él desde hace varios años. Doce años llevo en el Hospital General de México con él. No, no sabe nada. Eso creo. O ya lo sabe por los diarios. No, él no hizo nada. No, no tiene nada que ver. Ya le dije que es reconocido. Sí, es muy importante. Sí, le pusieron su nombre a ese hospital. Mi jefe es generoso y a Efraín le curó la enfermedad de los ojos para que lo adoptaran. Sí, adoptaron a Efraín, ya le dije. No, le digo que no. No. Eso no. Tampoco. Sí, supo que adoptamos a una niña. Me preguntaba por la niña, sí. Lo mismo que todos mis allegados. Nada más, eso, adoptamos a la niña. Le digo que yo soy la única responsable, ya le dije, sola como la luna en medio de la noche. Ya se lo dije. Le digo que estaba sola en esto, sola como un río seco, si quiere, al que no se acercan ni los bichos ni los perros. No tiene por qué hacerle nada a nadie. Menos a mi esposo, él no tuvo nada que ver. Mi esposo confía en mí, es mi esposo y es buen hombre, oficial. Es adopción, le dije, sí. ¿Por qué hubiera tenido que dudar de mí? Yo no quería meterlo en problemas y no lo quiero meter en problemas. Martín no se lo merece. Eso le dije, sí. Él no hizo nada más que cuidar a la niña como una hija. Martín es el mejor padre. Eso fue lo único que hizo él, cuidarla y quererla. No tiene por qué ir a la cárcel, oficial. Él no. No, ya le dije que no. ¿La niña? Hortensia García García. Once años. Doce. Usted sabe más, entonces por qué no mejor le cambio de lugar y le pregunto yo. Es que francamente. Sí. Francamente no entiende mi posición. Es correcto. No, no tiene nada que ver. Le estoy diciendo que no. Pues sí. Oiga. No haga tanta pregunta vacía. A Hortensia le pagué 3.100 pesos por buscar a la niña, por ganarse la confianza de los niños y por traérmela. Vive por la colonia. Cerca, sí. Ella y su hermano mantienen a su mamá. En silla de ruedas, sí. Nos conocimos en el hospital. Ella es de profesión enfermera y trabajó con otro doctor amigo de mi jefe, sí. Le ofrecí el dinero sin condiciones y la niña iba cumpliéndome. Fue a la colonia Juárez, creo que antes fue a otras colonias, pero escogió la Juárez. Ahí iba a jugar con los niños en los patios de esos edificios de la esquina de Bucareli. Como los ríos que saben cómo llegar al mar, yo sabía que Hortensia me llevaría a mi niña. Ella me llevó. Jugaba con ellos. Es buena con los niños, jugaban y luego yo vi que hasta se divertía jugando como si fuera una de ellos, aunque los acabara de conocer. Cuidar a su mamá la hizo adulta y a ella le gustan los niños. Yo un día le dije Estás trabajando y jugando. Y ella trabajaba así como los pájaros que cantan y buscan comida al vuelo. Pues así. Nos vimos varias veces. El merendero se llama «Merendero María». Pues así le hizo: mirando. Mirando como mira un pájaro que se une a una bandada, así se unió a ellos y ellos la reconocieron como una bandada reconoce al recién llegado. Es un pájaro la niña. Así le dije, mira la más chica, esa no tiene memoria ni habla, esa niña quiero. Y Hortensia me dijo está bien, señora. Y sí, no dijo nada. Hortensia no habla mucho. El dinero calla a quien sea, oficial. Eso lo sabe usted mejor que nadie. Pues eso. Usted también ganó dinero demorando la búsqueda de la niña. Me va a decir que no le gustaba recibir el dinero de una de las señoras más ricas del país. Yo cómo iba a saber eso. En los altos mandos se sabía que usted estaba recibiendo dinero y por eso demoraba la búsqueda. Mi jefe habló con uno de esos altos mandos. Ahí me enteré. Ya veo. No le gusta escucharlo. Hortensia tiene hambre, yo estaba segura con ella. Lo sabía. Conozco su situación. En el trabajo, nada. Pues nada. No tuve que ausentarme del trabajo para ponerme de acuerdo con Hortensia. La veía en el merendero. Sí, por mi casa, en la Guerrero. Ahí le invitaba a merendar, le invitaba tortas, un atole, un chocolate, lo que pidiera para su mamá y su hermano. No, no quiero cacahuates. Ahí nos poníamos de acuerdo. Cuando era necesario la acompañaba. Me quedaba yo mirando a lo lejos. Así, le decía. Así no, le decía. Así sí. Así también. Así nomás le iba diciendo qué hacer y así lo hicimos. Pues nomás jugaron avión en el suelo. Le compré una caja de gises y le pagué una parte. Sí. ¿Qué día de enero era? Usted lo sabe mejor que yo. Pues así, me dio a la niña dormida. Le dio un medicamento. Sí. Sí, usé el recetario de mi jefe. Sí. Lo quiere enmarcar o para qué lo quiere. No, no se enteró. Sabía que solo era un sedante, que no le iba a hacer daño a la niña. Le digo que no quería hacerle daño a la niña, quería a la niña. Quedármela. Adoptarla. Quería que la noche tuviera siempre su estrella, pero ustedes me la quitaron. Pues eso, compré el medicamento con la receta que hice. Falsifiqué la firma del doctor, oficial. Soy su secretaria. Hortensia durmió a la niña, se escondió, la subió en un taxi y me la llevó adonde quedamos de vernos. Ya despierta, yo la llevé a mi casa hasta que la niña se reincorporó. No, no lloró mucho. La niña se adapta. Los niños se adaptan como el agua cubre las superficies adaptándose a la que sea. Martín no había llegado de trabajar. Qué más quiere que le diga. Cambiarle el nombre fue fácil. Ahí lo tiene. Pues para qué me pregunta. Hagan lo que quieran. Eso no tiene importancia. Ya sé. Pues sí, no soy una asesina ni estoy loca. Lo que está mal son sus leyes. Esas no las hacen mujeres, por eso no me entiende, por eso no nos entienden. Pues lléveme. Qué quiere que le diga.

Sus leyes están mal. Si no quiere ver que lo que está mal son sus leyes para nosotras las mujeres, lléveme. Usted no me entiende. ¿Cómo me va a entender? Sí. Lo volvería a hacer dos veces, aunque me tocara hablar con usted dos veces, así viviría dos veces lo mismo. Lo que más deseé, ya lo tuve. Casi un año fui mamá y tuve mi estrella a la que le canté canciones y le leí cuentos para dormir. Déjeme libre el habla. Usted qué va a saber. Las leyes las hacen hombres, qué van a saber de los anhelos de una mujer, qué van a saber de la fuerza del deseo. Qué van a saber de la fuerza del océano, de la fuerza de una mujer. Todo lo miden ustedes, las leyes y la medicina y ustedes no entienden que no entienden. No quieren entender. Qué importa. Eso no tiene importancia. Lléveme, yo ya viví lo que necesitaba vivir. ¡Lléveme! No me callo por usted ni me voy a callar por nadie. ¡Déjeme libre la voz ahora que me lleva a la cárcel!

Tercera parte

Se sabe que esto pasó:

El martes 10 de septiembre de 1946 a las 2:30 de la tarde, Nuria Valencia Pérez fue sentenciada a veinte años de prisión por robo de menores. Su esposo Martín Fernández Mendía fue sentenciado a la menor de las penas por cinco años bajo delito de complicidad. Normalmente toman más tiempo las sentencias —tanto ahora como en ese momento—, pero el caso se adelantó por la presión mediática. En el Ministerio Público donde se llevó a cabo la sentencia, un reconocido abogado catalán de apellido Lamadrid, radicado en México durante el exilio y cabeza del caso, acompañó a Nuria, quien tuvo que presentarse, esposada, ante Gloria Felipe. Fueron unos minutos apenas. No intercambiaron palabras. Pero Gloria Felipe llevaba a la niña Gloria Miranda Felipe en brazos, que saludó efusivamente con las manitas al aire a Nuria Valencia, moviendo los dos brazos en el aire como para abrazarla. La madre cambió de postura a su hija, obligándola a no mirar en esa dirección, controlando la postura de la niña que empezó a llorar y a gritar «mami, mami» y ninguna de las dos —ni Nuria ni Gloria—, supieron a quién llamaba la niña. Gloria le dijo unas palabras al juez, inteligibles para Nuria, y salió presurosa con la niña llorando, rechazándola. Se permitió el acceso a los periodistas, le tomaron un mar de fotografías a Nuria Valencia recién sentenciada. Solo dos periodistas fotografiaron a Martín Fernández que estaba en el cuarto contiguo, esposado, sentado en una silla de madera con la mirada clavada en sus zapatos.

Esa misma tarde, el policía Ignacio Rodríguez Guardiola condujo a Nuria Valencia y a Martín Fernández al centro penitenciario Lecumberri en los entonces márgenes de la ciudad. En las inmediaciones del penal había una tienda de nombre «No me olvides», escrito con letra grande, en manuscritas sombreadas. Al mirarla Nuria recordó, sin que un solo músculo de la cara se le moviera, el impulso de la niña por abrazarla, por ir con ella. En el penal de máxima seguridad los recibió una mujer del personal administrativo peinada con una raya en medio más perfecta que la vida. Pasaron a una oficina amplia con un ventanal, un escritorio y dos biombos de madera en la entrada, como dos leones en reposo, y esperaron sentados en un sillón de cuero. Allí Rodríguez Guardiola hizo un par de bromas que no causaron gracia a la mujer del peinado restirado, cara lavada, cejas y pestañas caídas; Martín y Nuria miraban las cosas en la oficina. Un celador meritorio entró —una cabeza más chaparro que la mujer, con cara de niño, corte de pelo militar y voz aguda—, y condujo a Martín Fernández Mendía a la crujía «C» del Palacio Negro en la primera sección. A Nuria Valencia Pérez la llevó la misma mujer de raya en medio y cara lavada, de movimientos calculados, a la crujía «F», una de las crujías destinadas para las mujeres.

Permítanme contar algo sobre esta prisión, creo que es importante. Lecumberri era la prisión principal del país. Era un edificio con la forma de una estrella. La habían construido con acero y piedras, como un escudo impenetrable, en un terreno de cinco hectáreas. Cerca de la prisión había un canal de desagüe que llevaba más de cuarenta años y, además del olor a caño que era un telón de fondo, la piedra se había ennegrecido con la humedad y con el paso del tiempo. En parte, por eso al lugar lo conocían como El Palacio Negro, pero era así conocido, sobre todo, por las historias negras que lo habitaban.

El edificio con forma de estrella seguía el modelo panóptico de fines del siglo XVIII. En el centro había un patio redondo con una torre desde donde se vigilaba a todas horas, hacia todos los puntos, en todas direcciones. Esa arquitectura terminaba por afectar la conducta de las personas privadas de la libertad, pronto se conducían como si alguien las estuviera observando todo el tiempo, aunque nadie las estuviera observando. Había una población principalmente masculina, pero era un penal mixto y en la fecha en la que entró Nuria Valencia había un total de 286 mujeres y 127 menores de edad.

Hacía ya un par de décadas que la población carcelaria había rebasado su capacidad. Originalmente se habían construido 700 celdas individuales, pero una buena cantidad de celdas se compartían entre dos o tres personas. En las crujías o pasillos largos había dos pisos de celdas con puertas de acero. Cada celda medía dos metros y medio de longitud y tenía dos metros de altura con un «cielo», como llamaban los internos a los techos, de fierro galvanizado. En cada celda había hasta dos camas de acero suspendidas —algunos tenían colchones, otros tenían petates, según sus posibilidades—, un lavabo de fierro fundido y esmaltado, y un escusado sin tapa también de fierro esmaltado. Las oficinas administrativas estaban en el edificio principal. Había también salones para los talleres en los que los hombres privados de la libertad practicaban y aprendían los oficios que requerían fuerza física, como la cantería, la herrería, la alfarería y la carpintería. Las crujías tenían letras en la entrada y cada letra alineaba casos delictivos similares o agrupaba a personas de condición parecida. Por ejemplo, las crujías para mujeres o la crujía «J», en la que había homosexuales a quienes dentro del penal apodaban «jotos» —eso explica por qué a los gays en México hoy todavía se les dice también «jotos», aunque, lo que sea de cada quien, es algo despectivo, como lo era entonces— y para los presos que no contaban con la fuerza física para los oficios pesados, como algunos de los «jotos» —que también eran conocidos como «mariposas», «mariposones», «maricas» y, como tercera persona me toca contarles esto también—, estaban los talleres de sastrería, zapatería, imprenta, un taller de sombreros, que en esa época se usaban a diario, y para quienes se reportaban como «inhábiles» estaban los talleres de escobas, cestas y jarcias. Para las mujeres había talleres de pintura, tejido, bordado y costura —porque mujeres—. Las personas privadas de la libertad debían salir sabiendo alguno de estos oficios, luego del proceso de reinserción social, y sabiendo leer, escribir y conociendo las cuatro primeras reglas de aritmética. Eso sí, parejo.

Luego de los talleres había un pasillo largo que daba a la enfermería y, unos metros más adelante, había una sala quirúrgica. En el pasillo entre la enfermería y la sala quirúrgica había un largo gabinete que tenía en exhibición los cráneos de los internos que habían muerto dentro del penal desde su muy solemne inauguración al filo del siglo XX. Entre los cráneos, pronto descubrió Nuria Valencia en su entrada al penal, había varios que parecían ser cráneos de bebés. ¿Cómo era posible que murieran bebés?, se preguntaba y, en un movimiento veloz, como el vuelo de un pájaro amenazado por un ruido, se preguntó cómo era posible que un niño, así en general, pudiera morir. Desde el origen del penal a la fecha, se contaban decenas de crímenes que habían ocurrido en el edificio de piedras negras, algunos de esos cráneos daban muestra de ello. Se llamaba Lecumberri porque ese era el apellido del dueño del terreno donde se construyó el penal, pero para 1946, decir Palacio Negro era sinónimo de terror.

El penal estaba dividido en tres secciones. La primera estaba más cerca de la cocina y la panadería; ahí estaban las personas más próximas a cumplir su sentencia, a salir de allí. En la intermedia, estaban quienes trabajaban en los talleres de reinserción social que además tenían que estudiar el bachillerato por las tardes. En la última sección, en la punta de las crujías, es decir, en el culo de la prisión, en el mismo lugar donde están los anos de las fieras, estaban las celdas de castigo, mejor conocidas como «El apando», cerca de las calderas. «El apando» era la cárcel dentro de la cárcel, como si eso no fuera posible aún en las sorpresas más amargas. «El apando» era como una caja dentro de una caja dentro de una caja y esa última era la más oscura y la más temida. Esa sección no veía la luz, como tampoco ven la luz las entrañas de las bestias. Los apandados quedaban encerrados en celdas forradas con láminas de acero sin escusado ni lavabo. Se cagaban y orinaban en el suelo sobre las láminas de acero que acumulaban orines, caca y diarreas que se iban secando, y por un estrecho ventanillo a la altura del pecho, que solo se abría desde el exterior, podían pasarles comida una vez al día como máximo, pero lo común era que dejaran pasar más días y, si acaso, les daban la comida que sobraba o comida en mal estado. Adelanto algo: Martín y Nuria no pasarían por El apando, pero sí escucharían algunos relatos de los apandados. Era el lugar más hostil y el más temido del Palacio Negro. Varias de las historias de El apando llegaban a los dormitorios en versiones aún más torcidas evidenciando, tal vez, lo temido que era el culo de la cárcel.

La mujer con un peinado más perfecto que la vida y manos cruzadas por la espalda llevó a Nuria a que le tomaran las tres fotografías —ambos perfiles y frente, como el cine bien ha sabido mostrar— como parte de la burocracia de ingreso para archivarlas con su nombre completo, número del proceso judicial, y comenzar el historial de conducta en la penitenciaría y su historial médico. La llevó también a recoger los dos uniformes que le correspondían a su ingreso: enaguas de manta, camisa de manta y una túnica con un patrón de rayas. Nuria preguntó qué hacía con su ropa. Como tenía una sentencia larga, la mujer de labios casi nulos y mirada negra como la de un cuervo, le dijo que lo mejor era tirar su ropa a la basura. Los empleados de la prisión tenían prohibido hablarles a los internos de «tú», pero la mujer con mirada negra llevaba la distancia del «usted» a un nivel más lejos y, así, desde la altura de una *voz en off* le dijo que, como en las prisiones de Prusia, en la cárcel mexicana más moderna, en el único penal de máxima seguridad de la nación, cuando los presos salían en libertad absoluta, se les daba un traje o un vestido nuevo, limpio y decente, costeado totalmente por el Estado. Nuria tiró su ropa en un basurero, como tirando un montón de cáscaras de naranjas —como si su pasado pronto fuera también a agriarse, a descomponerse como algo perecedero que pronto iba a apestar su presente—. Se cambió y, camino a la crujía, la mujer, aún montada en esa *voz en off*, le detalló algunas de las reglas allí dentro.

Nuria Valencia hizo contacto visual en el patio con un par de mujeres que a lo lejos cantaban —bastante bien, la verdad— una canción ranchera, pero al andar de Nuria y de la administrativa con peinado de libro abierto, las chicas callaron y algo cuchichearon entre sí. En su celda, Nuria miró la cobija pesada, doblada y las pertenencias de la mujer con la que compartiría celda, a quien aún no conocía. Se asomó al escusado y, sin que pasaran tres minutos ahí dentro, le preguntó a la mujer de raya en medio y ceño fruncido cuánto tiempo más le faltaba para estar dentro de allí. Veinte años, menos hora y media, le dijo la administrativa cruzada de brazos —acaso también con el alma soldada, hermética—, y se fue.

Nuria Valencia y Martín Fernández habían podido ampararse gracias al abogado Lamadrid, que había decidido tomar el famoso caso pro bono después de haberles hecho algunas preguntas, luego de su interrogatorio con Rubén Darío Hernández en el Departamento del Servicio Secreto. Lamadrid logró que la pena de Nuria bajara de cuarenta a veinte años y consiguió que la pena para Martín fuera la más baja. También amparó a Hortensia García García, amparó en libertad a los padres de Nuria y a la madre de Martín. Gracias al caso que armó Lamadrid, con su culto hablar, su estatura alta y su conocimiento amplio de leyes y su movimiento ligero con las manos de pianista al aire mientras hablaba, que le daban mayor autoridad a sus palabras, las sentencias finales fueron las más justas. Argumentó la poca regulación que había a favor de las mujeres, especialmente para aquellas que deseaban ser madres, los mecanismos de adopción que les impedían lograrlo, además del nulo servicio en la medicina pública en temas de ginecobstetricia y derechos reproductivos. Del juicio, Córdova sacó un texto en el periódico de circulación nacional sobre las leyes que desfavorecían a las mujeres —muy vanguardista para su tiempo, por cierto—, que le ganó un llamado de atención de su jefe.

Ana María Felipe siguió el caso de Nuria Valencia. Beatriz hacía recortes en cualquier impreso en que se mencionara el caso por órdenes suyas. Estaba al tanto de la declaración completa de Nuria a Rubén Darío Hernández, de las razones por las que había hecho lo que había hecho. Había hablado por teléfono con Lamadrid. El texto de José Córdova y la llamada con Lamadrid, de manera lateral, le hicieron un clic: ahora que estaba en prisión, Ana María empatizaba desde su propia maternidad, a sus adentros, con Nuria. No con su crimen —su nieta había sido el sujeto del crimen—, pero sí comprendía a Nuria, al menos hasta cierto punto. Sin embargo, esto no lo comentó con nadie, mucho menos con su hija, pero cada tanto, con sus influencias, preguntaba cómo estaba Nuria dentro del penal. Qué pasaría si se enteraba de que Nuria necesitaba algo dentro del Palacio Negro, ¿estaría dispuesta a mandarle dinero? ¿Tal vez de manera anónima?

Nuria conoció a Celeste, su compañera de celda. Al principio hablaba poco, pero fue soltándose con algo de tiempo. Tenía varios tatuajes y tenía treinta y dos años. Nuria no había visto muchos tatuajes, muy contados tatuajes había visto en el consultorio del cardiólogo, pero no se había imaginado que una mujer pudiera tenerlos. Celeste tenía tatuados los nombres de sus padres en un brazo dentro de un listón con su fecha de bodas y tenía tatuadas varias fechas en el otro brazo bajo una paloma al vuelo. Esos tatuajes se los había hecho un chico en el penal conocido como El Conejo, un menor de catorce años a quien su facilidad artística y la cantidad de tatuajes que había hecho ahí dentro lo habían blindado de todo daño y además le habían dado un halo de respeto entre los demás hombres privados de la libertad. El Conejo era buen boxeador y era parte del grupo de boxeo. El Conejo —que tenía un espacio entre los dientes frontales— dibujaba en un cuaderno que era como su catálogo de tatuajes, en el que había algunas figuras de boxeadores. El de Celeste era raro. Venía de un viejo recuerdo que tenía El Conejo de una paloma que había visto levantando el vuelo en la plaza frente a la iglesia a la que solía ir con sus padres cuando era niño, cuando aún rezaba a Dios con las manos juntas, y esa paloma le había hecho creer que era, en verdad, Dios. Celeste le contó a Nuria que El Conejo le había tatuado esa paloma como ave de agüero para salir del penal, y que con sus dientes separados y su pinta de matón a los catorce años, le había dicho que ese tatuaje era el más especial que había hecho. Le habló de sus otros tatuajes, pero Nuria no sabía aún cuál era la razón por la que Celeste estaba allí y tardaría tiempo en abrirse; en cambio, los rumores se habían corrido en las crujías de mujeres tan pronto Nuria entró y una compañera puso al tanto a Celeste de la razón por la que Nuria estaba allí, pero ese cuento no estaba cerca de la realidad, el ir de boca en boca lo había distorsionado. Una de esas noches, Nuria y Celeste comenzaron a sincerarse, sin tocar su pasado, pero lo bordearon por primera vez cuando Celeste le dijo a Nuria: «Estamos aquí por lo mismo, mami. Aquí nos mete la gente con dinero. No has visto lo que está rayado en el patio, ¿verdad? No me lo sé de memoria, pero, fíjate, léelo bien porque ese es el padre nuestro del Palacio Negro, mami, ahí te fijas luego.» A la mañana siguiente, de camino a los talleres, pasando por el patio, Celeste levantó la barbilla para señalarle a Nuria hacia dónde mirar, esa pinta a rayones en el patio que leyó: «En este lugar maldito/ donde impera la tristeza/ no se castiga el delito/ se castiga la pobreza.»

Los primeros tres meses en el penal, Nuria tuvo unos episodios de ansiedad y dos ataques de pánico que le trajeron dos cosas: por un lado, una mayor empatía de su compañera de celda, quien comenzó a procurarla, y, por el otro, una pastilla blanca y porosa con un sabor amargo al contacto con la lengua. El segundo ataque de pánico que le dio a Nuria fue dentro de la celda. Celeste, para tranquilizarla, le preguntó qué le gustaba de su vida antes del penal y Nuria le contestó que leerle cuentos a su hija por las noches. Celeste para entonces ya sabía que hablaba de una hija que no era su hija, pero aún así decidió compartirle algo importante para ella: «Sabes, mami, yo no quiero ni nunca he querido tener hijos. Yo no los quiero, así de que ni lo quiera Dios. Yo eso le pido todas las noches aquí ni se te ocurra mandarme chamacos, amén, amén, amén, agarro y me persigno tres veces, no vaya a ser que no me escuche…» Nuria se quedó mirando al techo en silencio y le preguntó por qué. Celeste le dio un listado de razones que Nuria cuestionó, pero terminó por comprender que Celeste no estaba interesada. Así sin más, llano, plano, como un descampado que dejaba correr los torrentes de viento, Celeste no quería ni le interesaba tener hijos. Punto. Esa noche tuvieron la primera conversación cercana, la primera conversación no informativa.

Al día siguiente, Celeste llevó a Nuria a la biblioteca, le dijo que ella no sabía leer. Había estudiado hasta segundo de primaria. Siempre había querido aprender, pero la persona que enseñaba clases de bachillerato en su grado, con la demanda que tenía, no tenía manera de enseñarle a leer a alguien que, como ella, tenía la cabeza dura, y le pidió a Nuria que, por favor, le enseñara. En las clases los internos e internas podían tomar notas, tomar dictados, pero no era un camino de ida y vuelta, y Celeste necesitaba más atención, tenía dislexia. Nuria aceptó enseñarle a leer a Celeste y así, enseñándole a ella, se improvisó un pequeño taller de aprendizaje y comprensión de lectura conformado por cinco mujeres que necesitaban atención personalizada. Esta iniciativa le trajo a Nuria «premios» en la administración que consistían en bajarle días de sentencia por cada taller que impartiera.

Las primeras dos mujeres que se sumaron fueron quienes hicieron contacto visual con ella al llegar al Palacio Negro. Elia y Leslie le confesaron que les había dado curiosidad su llegada. Luego se sumó una mujer a la que apodaban La Abuela, tenía 35 años, pero como tenía más años que las demás dentro del penal, le gustaba decir que era La Abuela de todas allí adentro. Tenía una personalidad dominante y un volumen de voz fuerte, era alta y tenía una corpulencia y postura que imponía y ocupaba espacio con su voz adonde entrara. Al siguiente día, La Abuela le hizo una demostración a Nuria en el comedor de quién era, como un gorila espalda plateada en su montaña mostrando su poder al simio joven, y todas la llamaban Abue o Abuela, y miraba a Nuria, sonriéndole, riéndose, mostrando las encías superiores, como solía hacerlo al reír. Al taller se sumó Carmen, una mujer de pocas palabras y la voz a un volumen bajo, pegada a los huesos como si quisiera desaparecer, de 54 años, que había cometido un delito menor. Yo robé leche, les dijo a las demás en uno de los talleres, leche para mi nieta. Leslie tenía veinte años, había sido apandada varias veces por vender droga dentro del penal. Era retraída, como si se escondiera detrás de su fleco, aunque cuando cantaba, se enderezaba, tenía una voz potente, hermosa, no parecía coincidir con su forma de ser tímida. Estaba ahí por lo mismo que la habían apandado. Elia tenía 27 años y también a ella le gustaba cantar, aunque no cantaba tan bien como Leslie, se reía fácilmente, y adoraba hablar de las enfermedades que había tenido a lo largo de su vida y de las enfermedades de los demás en el penal, como si hablar de enfermedades fuera una pasión, su pasión. Si le preguntaban cómo estás un día cualquiera, solía responder contando sus achaques, que parecía tener siempre a la mano. Con Nuria leyeron fábulas de Esopo y algunos cuentos de los Hermanos Grimm. En esas sesiones, entre risas y algunas confesiones, se fueron contando algunas de las razones por las que habían ingresado al Palacio Negro y algunas cosas sobre su pasado.

En la administración le habían autorizado a Nuria impartir el taller, pues además de dar resultados en el aprendizaje de las internas, era verdad que pocas de las personas privadas de la libertad eran capaces de impartir los talleres para cumplir con uno de los requisitos sin que tuvieran costos operativos. A quienes podían hacerlo, les retribuían con los llamados «premios» que variaban según el caso, y esa aportación a favor de la reinserción les daba saldo positivo en sus expedientes. Leían *El Patito Feo* cuando Nuria les contó en el taller cómo le leía ese cuento a su hija, algo soltó sobre cómo había tejido el secuestro de su hija Agustina, a quien así nombró, mi hija Agustina. Carmen, la mujer que había robado leche, le pidió permiso a Nuria para darle un abrazo. Fue un abrazo acartonado, pero franco e importante para Nuria. Más tarde comentó con Martín lo importante que había sido para ella ese gesto de Carmen. Sintió que estaba haciendo amigas allí dentro, la primera vez que hacía amigas en su vida adulta, pero Martín no se sentía igual, se sentía más bien solo. Haber dejado atrás la vida tal como la conocía le había dejado un hueco que aún no entendía. Tampoco entendía sus nuevas emociones dentro del penal, tampoco quería entenderlas, pero sí tenía una claridad era que estaba resentido con Nuria. ¿Cómo era posible que ella pudiera estar haciendo amigas dentro de ese lugar? Él sentía que no podía comunicarse con casi nadie, menos aún consigo mismo, como si la cárcel lo hubiera aislado, sobre todo, de sí mismo.

Sabes qué, mami —le dijo una noche Celeste a Nuria en voz baja—, yo nunca quise hijos y hasta me fui a sacar uno que andaba yo trayendo en las tripas de un novio que tuve por ahí. Esa conversación sobre el aborto clandestino que le describió Celeste a Nuria con detalle fue como aire fresco. Algo en la forma que tenía de hablar sobre ese tema, descargaba a Nuria. La aversión que Celeste tenía por la maternidad le quitaba un peso de encima. Era, de hecho, el aire fresco después de la tormenta. Nuria se preguntó por primera vez de dónde había sacado ella misma la idea de ser madre, ¿venía de ella? ¿Venía de la sociedad? ¿Era parte incuestionable del paquete de casarse? ¿Era un mandato social por el hecho de haber nacido mujer? Qué rico el aire fresco en la cara después de la lluvia.

A Nuria se le ocurrió proponerles una lectura dramatizada de una de las fábulas de Esopo que resultó muy útil en el aprendizaje y en la interacción entre ellas. Qué tal si presentamos unas fábulas como si esto fuera un teatro, les preguntó a sus compañeras. Se armó un alboroto, hablaban de ser actrices famosas. Hacían bromas de cómo se lanzarían al estrellato actuando de pájaros y perros, y, sobre todo, les pareció bueno presentarse ante otros compañeros y ser vistas, así que esa tarde Nuria preguntó en la administración si les permitían hacer una lectura dramatizada de las fábulas de Esopo en el salón donde tomaban el taller de lectura. La mujer de chongo meticulosamente peinado y ceño fruncido le dijo que siempre y cuando fuera en los horarios del taller y no interviniera con sus demás responsabilidades en la penitenciaría, lo autorizaba. Así que una semana después Nuria escribió un letrero afuera del aula y a lo largo del día, de boca en boca, invitaron a algunas personas para que fueran a verlas. Todo lo que hizo Nuria para simular un teatro fue dirigir unas cuantas sillas hacia la pared: el escenario. Esa magia, esa que con mover unas sillas de lugar deja ocurrir la ficción. Hubo un total de nueve personas en el público, Martín entre ellos, viendo a su esposa dirigiendo esa actividad. Contrariado, en parte resentido, en parte sorprendido de verla interactuando con sus compañeras, se preguntaba ¿cómo Nuria había logrado eso? ¿Acaso estar lejos de sus padres que la sobreprotegían le había permitido entablar relaciones de amistad? «¡Hoy! Dos fábulas de Esopo», decía el letrero en la puerta.

Hicieron una lectura dramatizada de *La tortuga y la liebre*. Se inventaban diálogos. La Abuela era una liebre dicharachera y Celeste era una tortuga mal hablada. En esa lectura algunos comentarios de los asistentes hirieron a La Abuela cuando, en la carrera que emprenden la tortuga y la liebre para ver cuál de las dos llega primero a la meta, uno de los conocidos apandados empezó a joderla con su físico: «¡Qué me den de tragar lo que traga esa liebre porque aquí desayunamos puro pinche atole y esa liebre traga con ganas!» Nuria trataba de poner orden, pero entre dos de los asistentes se la pasaron molestando a las mujeres porque les parecía ridículo que los animales hablaran en los cuerpos uniformados de las reclusas. Tres personas entraron tarde. La segunda lectura que presentaron fue la fábula *La cigarra y la hormiga*. Leslie era la cigarra y cantó una canción. Alguien chifló sumándose a su canto. A Leslie y a Elia las molestaron menos, pero el apandado hizo un comentario sobre lo pendejo que era que dos insectos hablaran. Martín y dos personas más de las que entraron al último, les aplaudieron sin remedio y eso gustó a las mujeres, especialmente a Carmen que se había mantenido al margen, quien recibió los aplausos como si hubieran sido también para ella por el simple hecho de formar parte del taller. Era la primera vez en sus 54 años que alguien le aplaudía y eso se había sentido bien. Muy bien se sintió ese último aplauso de Nuria mirándola a los ojos. Nadie nunca en su vida le había aplaudido.

En el siguiente taller, comentaron cómo había salido la presentación. Les había gustado mucho que tres compañeros les aplaudieran, Carmen no había estado sola en ese sentir. El que más aplaudió era «joto», dijo La Abuela, como quitando mérito al reconocimiento a Leslie. Pero entre ellas reconocieron la actuación de La Abuela. Nuria notó que en esa interacción hablaron, por primera vez, del contenido de las fábulas que habían leído a lo largo del taller para que La Abuela se sintiera parte del grupo al que habían aplaudido, y a Nuria se le ocurrió proponerles, siguiendo un impulso —una intuición—, montar una obra de teatro. Celeste y La Abuela estuvieron de acuerdo en montar una obra de teatro sin saber qué quería decir eso y, de hecho, La Abuela les propuso: «Pues si vamos a ser famosas con esto de la teatrada nos vamos a llamar *Las Nietas*, para que les quede claro a todos quién las parió, hijas de la chingada.» Eso hizo gracia a todas, así pues, ya tenían nombre antes de tener el permiso de la administración y mucho antes de tener una obra de teatro para montarla bajo ese nombre.

Nuria habló con la mujer de raya en medio, mirada de aguacero y labios casi nulos. Le pidió permiso para presentar una obra de teatro a fin de mes. La mujer la llevó con su superior, Nuria habló con él. Lo convenció. Esa misma tarde, se dio una vuelta por la biblioteca para ver qué obras de teatro había en el penal. El tenedor de libros —un hombre con mal aliento— le enseñó la pequeña sección. Nuria estuvo ahí un rato, tomó un ejemplar deshojado con las pastas desvencijadas —como una prenda de ropa que se zurce y se vuelve a zurcir sobre las zurcidas—, de *Hamlet* de Shakespeare y una obra de Federico García Lorca que, por su gestión de talleres, el tenedor de libros —¿por qué tenía tan mal aliento? ¿Qué había tomado o comido que parecía la mismísima ultratumba?— le permitió llevarse a su celda. Las integrantes del grupo con nombre, pero sin obra, estaban emocionadas con el horizonte de ser vistas por más compañeros. Qué tal que unos cinco o diez compañeros les aplaudían, no se diga quince.

178

Carmen estaba especialmente ilusionada con la idea, quería participar. Elia le preguntó a Nuria si les permitirían maquillarse y vestirse para la obra.

Nuria Valencia hojeó en unos días, con las intermitencias de su conversación nocturna en voz baja con Celeste, *Hamlet* y la obra de Federico García Lorca. Celeste estaba dormida cuando Nuria leyó las primeras páginas de *Yerma*, una obra de Lorca de 1934, que para entonces había ya tenido funciones en varias partes dentro y fuera de España. En la primera escena Nuria se enganchó. Cuando terminó, pensando en lo que acababa de leer, le salieron un par de lágrimas que se secó con el puño cerrado, con la otra mano aún separando las últimas hojas de *Yerma*. Esa era la obra que iban a montar.

Nuria les contó de qué trataba la obra breve de diálogos cortos y hermosos. Yerma llevaba dos años casada cuando comienza la obra y espera con ansias tener un hijo con Juan, su marido, un campesino que no comparte sus mismas ansias. Con el tiempo, su deseo de maternidad no se cumple y se va tensando la relación con su marido y, al mismo paso, su relación con el mundo. Juan le propone a Yerma que adopten un sobrino, pero a Yerma no le gusta esa idea porque su deseo es parir y criar a su hijo. Yerma en el fondo piensa que, si se hubiera casado con Víctor, su primer amor, ya tendría hijos. Se va evidenciando que Yerma no ama a Juan, se casó con él porque su padre arregló la unión y, quizá, le dice una vieja, esa falta de amor es la razón por la que no tienen hijos. Juan se da cuenta de que la gente en el pueblo habla de ellos y lleva a su casa a sus dos hermanas para que vigilen a su esposa. Yerma acude a una casi bruja que le revela que la causa de su imposibilidad de tener hijos es Juan. Juan ama a Yerma, está enamorado de su esposa, quiere acostarse con ella una noche de luna que la hace lucir hermosa, pero poco antes de que se acuesten, Yerma estrangula a Juan y lo mata. Lo primero que le preguntó Celeste a Nuria es qué significaba «Yerma». ¿Ese

179

nombre es de a veras en las Españas, mami, así les ponen «Yerma López» a las mujeres, mami?, le preguntó Celeste a Nuria. A todas les gustó la obra y, de un modo u otro, las conectaba con su crimen.

Nuria les leyó la obra en voz alta. Se dividieron los papeles. Los personajes masculinos y los personajes femeninos de la obra serían interpretados por las cinco mujeres, claro estaba. Nuria estaría a cargo de todo, ella dirigiría la obra. Celeste sería la protagonista Yerma y La Abuela sería Juan. Carmen tendría dos papeles, sería la vieja y la casi bruja. Elia y Leslie serían las hermanas de Juan. Entre las cinco, se alternarían los papeles secundarios de las lavanderas y demás personajes, aunque Leslie cantaría como solista las canciones que cantan las lavanderas en la obra de García Lorca. Debían mantener sus uniformes de manta, pero con unos periódicos que Nuria podría solicitar a la administración, se le ocurrió que Carmen, que era buena con las manualidades, podría hacer un faldón para Yerma haciendo dobleces a los pliegos de periódico; hacer un sombrero de periódico para Juan, como el usado por los albañiles; unos bigotes y barba de periódico para distinguir al pastor Víctor; velos de periódico para las hermanas de Juan y los delantales de periódico para las lavanderas que chismean de los ires y venires del matrimonio de Yerma y Juan. Carmen estaba infinitamente agradecida con sus compañeras por encomendarle, además de los dos papeles en la obra de teatro, el vestuario de la obra en el que se abocaría con esmero.

«Las Nietas» empezaron a escoger algunos cuadros y simplificaron la obra con lo que más resonaba en ellas. Adaptaron algunas cosas, quitaron algunos de los versos de Lorca, de algunos se burlaron y adaptaron los diálogos como mejor les pareció. Nuria solicitó tres cosas en la administración para montar la obra: diez periódicos viejos para que Carmen pudiera hacer el vestuario de la obra; el préstamo de los dos biombos de madera de la oficina en la administración para usarlos como bastidores, detrás estarían las actrices para entrar y salir de escena; y —esto era lo más complicado en su petición— dos palos ligeros de cinco metros para el día de la presentación, para hacer un telón de dos hojas con tela de los talleres. Nuria explicó al jefe de celadores lo que harían con cada una de las cosas, este le pidió que rellenara un formulario, y al cabo de unos días, le diría si aprobaban o no el material.

Nuria pasaba la mayor parte del tiempo en la crujía para mujeres y en sus rutinas dentro del penal, además de poderse encontrar con Martín, ocasionalmente tenían visitas conyugales. Cada quince días en un espacio abierto, separado por unas sábanas y con el piso pelón, sin colchones ni petates, una pequeña cantidad de parejas dentro del reclusorio tenían visitas conyugales entre personas privadas de la libertad —uso este término actual porque algunas palabras se empolvan, se oxidan con el tiempo—. No había ningún tipo de privacidad en ese campamento de sábanas y cobijas, y entre algunos gemidos y algunos sonidos de las carnes que se juntaban y separaban y se volvían a juntar, Martín y Nuria platicaban en esas visitas cómo estaban, fingiendo, ante los celadores, que estaban cogiendo. Se contaban también cómo se sentían, qué hacían. Para entonces, Martín ya le había contado a Nuria que un par de meses después de que la niña llegó a su casa, entendió lo que había pasado, pero él también quería vivir lo que estaban viviendo y decidió no mencionar nada. En las visitas conyugales no cogían, pero llegaron a un nuevo nivel de intimidad. Era lo más parecido que tenían a un espacio de privacidad sin que, por supuesto, lo fuera y eso, a pesar del resentimiento que Martín le guardaba a su esposa, le permitió acercarse a ella de otro modo. En los días en los que «Las Nietas» ensayaban *Yerma* de Lorca, les tocó una visita conyugal en la que casi cogieron, pero a Martín no se le paraba. Nuria alcanzó a contarle a Martín —era la primera vez que la veía emocionada en mucho tiempo, cosa que le daba gusto, por un lado, pero por el otro, le incomodaba, le parecía injusto— que había pedido diez periódicos, dos biombos y dos palos para montar la obra y que estaba casi segura de que lo iba a lograr. Estaba emocionada, incluso contenta. Martín le preguntó si necesitaba ayuda, sabiendo que eso no era posible dentro del penal, como tampoco era posible que se le parara a Martín.

Los primeros días en el penal, Martín estaba enojado con Nuria. Mejor dicho, estaba encabronado. No le hablaba. Se arrepintió de no haber hablado con ella del tema de la niña tanto tiempo atrás, tantas vidas atrás. Él sabía bien lo que había pasado, no sabía cómo lo había hecho Nuria, no se había atrevido a preguntarle, pero entendía la situación. Él, de camino del trabajo a su casa, veía los periódicos. En su oficina escuchaba el radio con sus compañeros, sabía que «su hija» era la hija de los Miranda Felipe. Pero había decidido «hacerse pendejo» —como lo dijo a su compañero de celda— porque Nuria estaba feliz y él, lo tenía más claro en Lecumberri, también. Ahora volvía a ver a Nuria contenta con la obra que iba a montar, la verdad que también él se sentía extraño, ¿se sentía mejor? No lo tenía claro, pero al menos se sentía más tranquilo que cuando entraron.

Nuria Valencia en el salón en el que representaría la obra fantaseó con un espacio diferente. De pronto soñó despierta con presentar la obra en un teatro, un espacio que tuviera esa oscuridad con butacas que permitiera dividir la realidad de la ficción, que aconteciera la obra con sus luces y sombras, que se diera la ficción en la realidad en toda su complicidad, pero su vida pasaba en ese salón demasiado iluminado. Su vida era ese extenso presente que todo lo veía en esas crujías y en esos salones en los que la luz todo lo iluminaba y las miradas que todo lo vigilaban. Y si su vida pasaba por ahí, ¿por qué no podía una obra de teatro pasar por ahí también? ¿No puede pasar la ficción

182

por donde sea? Le aprobaron los diez periódicos viejos, el préstamo de los dos biombos de madera, únicamente para el día de la presentación, y los dos palos estaban aprobados bajo la custodia de un celador el día de la presentación de la obra, le informó uno de los celadores meritorios. Esperaba a su grupo cuando entró Carmen, puntual.

En ese ensayo, a Nuria le pareció que la idea que tenía de usar esos dos palos para poner dos retazos de tela como un telón, sería mejor si, en vez de eso, los palos sirvieran para marcar emocionalmente la obra: de uno de los palos, cargado por una mujer en cada extremo, colgaban listones azules, grises y blancos que ondearían, como una lluvia melancólica, como una forma de matizar la iluminación natural, al fondo de la escena, para marcar los momentos tristes; y los momentos más esperanzadores, acaso más cálidos, más ligeros o graciosos, estarían marcados al fondo de la escena por listones rojos, naranjas y amarillos ondeando, colgando del otro palo. Mucha de la poesía de Lorca estaría ondeando en esos listones de colores al fondo de las escenas. Los dos biombos —gran idea de Carmen— podrían usarlos, además de bastidores como escenografía, cubrirlos con cartones para no maltratarlos y pintarles en unos cuantos trazos los montes del campo, un sol infantil y redonduelo, y la casita de Yerma y Juan en algún extremo de los dos biombos.

Se acercaba la fecha y la complicidad de «Las Nietas», efervescente, crecía. Memorizaban sus líneas. Mientras las mujeres del grupo hacían sus responsabilidades y rutinas en el penal, repasaban sus líneas. Se encontraban en los pasillos, comentaban, preguntaban, se reían especulando lo que pasaría el día de la presentación. «Del Apando a los cines», les decía La Abuela y soltaba una carcajada que pisaba las demás risas. Unos días antes, Nuria hizo un cartel que pegó en la puerta del salón: «*Yerma* de Federico García Lorca por Las Nietas, este sábado al mediodía en este salón. Por favor, sean puntuales.»

Nuria tuvo un sueño la noche anterior a la presentación de la obra de teatro: estaba adentro de una alberca como la que había en una casa en Morelos cerca de la ferretería en la que trabajaba su padre, una casa con palmeras, plátanos y naranjos que desprendían un olor delicioso en las noches de verano. Estaba sola en esa alberca y en esa casa a la que nunca había entrado, pero siempre le había dado curiosidad al pasar. Todo olía bien, se sentía bien. El agua estaba ahí como para complacerla. Cambiaba de temperatura, era aún más placentero estar allí con el agua un poco más caliente. Nuria se movía, contenta, en el agua y pronto se daba cuenta de que ella con sus movimientos podía modular la temperatura del agua. Podía, también, hacer que oliera más intenso a flores de azahar, su olor favorito, con solo mover los dedos en el agua, ¿pero cómo es que además de ser libre tenía la capacidad de modificar la temperatura del agua, la intensidad de los perfumes que desprendían los árboles, hacer que el cielo rosado fuera más violeta, más naranja por acá, más rosa por allá, más amarillo al borde? ¿Qué era eso? Nuria despertó moviendo los brazos bajo la cobija pesada, desconcertada por el contraste con el agua de su sueño, con una sensación de bienestar.

Cómo era posible que en la cárcel Nuria ese día se sintiera bien. Así de bien. Libre, incluso. Libre de no trabajar. Libre de no tener que comprar. Libre de no tener que ser una buena esposa. Libre de no tener que ser madre. Libre de no tener que ser una buena hija. Libre de no ser la mujer que la sociedad esperaba. Libre de no tener que ser alguien. Libre de ser, simplemente, quien era. Cómo era posible que en la cárcel ese día Nuria se sintiera libre en camino a la presentación de la obra de Lorca.

«Las Nietas» estaban detrás de los dos biombos a los costados con los montes pintados, con sus enaguas y blusas de manta y su vestuario de periódico. El salón estaba lleno y el escándalo estaba fuera de control: chiflidos, risas, cábula, palabras que se superponían unas a otras. Nuria estaba cerca de la puerta esperando al celador meritorio que llevaría los dos palos con listones cuando entró otro celador gritando «a ver, cállense todos, hijos de su madre», golpeando con una macana la pared; luego de él, entró el celador que le entregó a Nuria los palos con los listones. Nuria les ayudó a colocar los dos palos en el piso a las dos mujeres de la crujía que se habían ofrecido a levantar los palos con listones según la situación emocional de la escena, dos amigas de Leslie que habían estado en el último ensayo. La mujer de la administración entró al salón con los brazos cruzados, la seguía el tenedor de libros de la penitenciaría. Pusieron orden en el salón. Y la obra comenzó.

Algo extraño pasó: después de los primeros parlamentos de Yerma y Juan, nadie rompió el silencio. Nuria, al fondo del salón, cerca de la puerta, miraba la primera escena entre marido y mujer. En la segunda escena, Carmen actuando como la vieja, con una capucha de periódico, le dijo a Celeste con un faldón de periódico: «Los hombres tienen que gustar, muchacha. Ellos han de deshacernos las trenzas y darnos de beber agua de su boca porque así corre el mundo», mientras los listones rojos, naranjas y amarillos ondeaban detrás de la escena, cuando un hombre chifló animando la obra y otro gritó «así se habla, mujer». ¿Los hombres le gritaban a los personajes y no a las actrices? ¿Qué era eso que estaba pasando? Yerma seguía hablando, alegaba que no le gustaba su marido Juan, sino el pastor Víctor. Yerma discutía con Juan: «Pero no soy tú. Los hombres tienen otra vida, van a los ganados, a cortar los árboles, a las rancherías; las mujeres no tenemos de otra que tener chamacos y cuidarlos.» Más adelante, Leslie cantó. Alguien tosió en una esquina, pero todos estaban atentos a la obra, incluidos los celadores y las personas de la administración, a quienes Nuria miraba de reojo. Al final del tercer y último acto, cuando Juan quiere acostarse con Yerma y ella lo mata, a Nuria le salieron lágrimas, pero no lo notó, como si su cuerpo fuera autónomo, independiente. Se dio cuenta de que lloraba cuando cruzó mirada con Martín, que le hizo un gesto como preguntándole si todo estaba bien con ella. Tal vez lloraba porque verse en una obra libera el espíritu. Aplausos, chiflidos, «pinche Yerma cabrona», gritó uno y los aplausos crecieron. Celeste, La Abuela, Carmen, Elia y Leslie salieron a la ovación. Una mujer le gritó a La Abuela: «Eres un pendejo, Juan.» Tres hombres al frente les aplaudieron, uno de ellos aplaudía fuerte y directo a Carmen y otro se levantó a chiflar con dos dedos en la boca para mentarle la madre a Yerma.

Al día siguiente, Celeste le contó a Nuria que unos compañeros en el patio le habían reclamado algo, como si ella fuera Yerma, y La Abuela, que se les unió en el comedor, les contó que algo similar le había pasado, ya a esas horas de la mañana ya le habían gritado «pinche Juan». El martes, la administradora de mirada negra y cejas deslavadas, mandó llamar a Nuria Valencia. Le dijo que, por instrucciones de su superior, debían montar la obra el siguiente sábado porque otros administrativos, incluso uno de los dos directores, querían asistir, además de que algunos reclusos que no asistieron habían solicitado verla. En el comedor, a Nuria le empezaron a dar café con piloncillo, uno de los privilegios que ganó con el montaje de la obra. Café endulzado, algo que apenas un puñado en todo el penal podía disfrutar, señal de que había salido todo más que bien.

Bastante tiempo pasó dentro del Palacio Negro para que Nuria y Martín pudieran coger por primera vez en esos encuentros en los que más bien hablaban. Lo más cercano, que quedaba lejano como un rumor, a su cuarto en su casa en Violeta 31 en la colonia Guerrero. Para Nuria, al principio, había sido difícil sobrellevar la ansiedad, los ataques de pánico y la pastilla blanca le había desaparecido la libido. Martín no se sentía cómodo, estaba seguro de que no podría venirse, lo inhibía saberse visto y escuchado por otras personas de la misma manera que lo sometía el sentirse vigilado en todo momento. En esos meses se había masturbado una vez mientras su compañero roncaba, pensando en una actriz que alguna vez fue a las oficinas en el cine donde trabajaba, tenía un escote que enmarcaba sus pechos, unas nalgas bien dotadas, pero pudo haberse masturbado mirando el techo de la celda o cerrando los ojos en completa oscuridad con la mente en blanco. Cogió con Nuria en la visita conyugal, se vino en los primeros minutos y a Nuria no le dio tiempo de nada.

Un par de semanas después, en el taller de lectura de Nuria Valencia en el que ahora había 25 mujeres, seis de ellas ensayaban la lectura dramatizada de una fábula de Esopo. Improvisaban posibles diálogos entre los animales. Cuando Nuria le pasó el ejemplar a La Abuela, que estaba sentada sin participar, ella la miró de cerca, la jaló y le dijo en voz baja: «Estás embarazada, mírate esos ojos cómo te brillan.» A Nuria Valencia nadie le había dicho eso jamás, y sabía que no era cierto, que, de hecho, era imposible, pero La Abuela le dijo: «Mírate los ojos, están brillantes como los de los animales preñados.» Nuria le dijo en voz baja que era estéril poniéndole punto final y se reincorporó al taller. Hubo un intercambio de miradas entre La Abuela y Celeste, quien estaba del lado de ella, y con un gesto le pidió que parara de molestar a Nuria.

Habían pasado semanas sin que a Nuria le bajara y fue a la enfermería a decirle al doctor que la menopausia se le había adelantado. Es muy posible, le dijo el doctor, que a las mujeres les venga la menopausia antes de lo esperado dentro de este lugar. Es más frecuente de lo que creemos a tu edad, le dijo sin despegar la mirada de un fólder que cerraba en su escritorio. Luego abrió el expediente de Nuria que tenía allí mismo. Lo revisó. Lo mejor será quitarle la matriz, le dijo el doctor, sentado al otro lado del escritorio, antes de que sea un problema para usted y un problema para la penitenciaría, así le quitamos las molestias de la menopausia prematura sin contratiempos para nadie, le dijo mirándola. El doctor comenzó a llenar una forma con los datos de Nuria, le hizo un cuestionario para actualizar su expediente médico y le hizo énfasis en que había hecho mal en no tener hijos pues ahora, en sus palabras, no había marcha atrás. Iba a hacerle una revisión para rellenar algunos espacios en blanco en el formulario. ¿Cuándo había sido su última regla? ¿Cómo estaba su salud general? ¿Los vómitos que reportaba eran a causa de algo que había comido? Lo más seguro era que la misma menopausia prematura le estuviera ocasionando malestares laterales, ¿también tenía bochornos súbitos? El diagnóstico de infertilidad que le habían dado los ginecólogos y la terapia a la que se había sometido para desbloquear las trompas de Falopio, ¿cuándo había sido? El doctor decidió revisar a Nuria. Era, sin lugar a duda, una menopausia prematura. Para completar su reporte, el doctor le pidió una muestra de orina a Nuria y una muestra de sangre para poder hacer la orden de la histerectomía, un procedimiento en el que le quitarían el útero, en el quirófano de al lado, en próximas fechas.

Cuando ese doctor le dijo a Nuria Valencia que estaba embarazada y que la histerectomía quedaba descartada, se reacomodó en la silla tres veces. Nuria no parecía poder encontrar postura, como si hubiera olvidado cómo sentarse y cómo mantenerse sentada, cómo estar. Nuria Valencia esperó unos segundos, juntó las manos sobre el escritorio y le preguntó al doctor cómo era posible eso. No sé cómo explicárselo, le dijo el doctor, simplemente los estudios confirman que usted está embarazada y la histerectomía queda descartada. Nuria no sabía qué hacer con sus brazos, ni con sus piernas, ni con su cuerpo y empezó a jugar con los dedos pulgares, hacía círculos con los pulgares, como si su cuerpo, su vida, de paso, se pudiera resumir en sus dedos pulgares jugando en círculos.

Al salir del consultorio, miró en el pasillo los cráneos y se detuvo unos segundos más en los cráneos de los bebés. No sabía qué hacer con su cuerpo, pero ahí estaba, podía moverse ese cuerpo solo, llevarla sin que ella le indicara por dónde, allí iba caminando con esas cuencas con ojos mirando todo, tan distinto todo, tan distinta ella de lo que había creído ser, embarazada a su edad. La primera persona a la que le dijo que estaba embrazada fue a La Abuela que estaba en el patio hablando con El Conejo, quien estaba con unas vendas en las manos practicando boxeo. Nuria la apartó y le dio la noticia en dos palabras. La Abuela, riendo y mostrando las encías superiores, le dijo: «¡Mi reina!» Y abrazó a Nuria sin dejarle mover el cuerpo. Nuria buscó a Martín para contarle y por la noche le contó a Celeste.

Cuando los padres de Nuria Valencia Pérez se enteraron de que su hija estaba embarazada en la visita familiar, su madre se hincó de rodillas, cerró los ojos y rezó al hilo avesmarías haciendo un rosario de palabras, mientras su padre la escuchaba atento. Cuando la madre de Martín se enteró en la visita familiar, le preguntó a su hijo «y qué vas a hacer, hijo», como si el embarazo fuera solo de Nuria o como si solo él estuviera en la cárcel. José Córdova fue el primero en escribir una nota para el periódico sobre la noticia del embarazo de Nuria Valencia y fue con Guerrero, un compañero fotógrafo del periódico, al Palacio Negro a tomarle la única foto que existe de Nuria embarazada con el uniforme del penal. Fue la nota más leída en el periódico de la tarde y los medios retomaron el caso. En el radio varios locutores hablaron sobre la noticia. Ana María Felipe se enteró. A sus adentros, le dio gusto ver esa foto.

Durante su embarazo, Nuria y Martín tuvieron algunas visitas conyugales en las que cogieron. Un periodista se dio a la tarea de entrevistar a cuatro de los varios ginecólogos que habían diagnosticado estéril a Nuria Valencia Pérez, les pedía que explicaran desde su punto de vista cómo es que había ocurrido y todos coincidían en que no había explicación médica. Agustina Mendía leyó esa noticia porque a una vecina suya, entregada a la fe católica, le pareció importante compartirle que su próximo nieto o nieta era un milagro de Dios, pero Agustina Mendía después de leer esa nota dejó el periódico en la mesa del comedor y se metió a bañar a esas horas de la tarde.

Esa noche, en una fiesta en casa de un afamado director de cine, dos mujeres comentaron con Ana María el embarazo de Nuria Valencia dentro de Lecumberri. La única vez que Ana María habló con sinceridad sobre el embarazo de quien había secuestrado a su nieta, se permitió hacerlo con un par de desconocidas: «Un hijo siempre es una bendición.» Con su hija fue monosilábica cuando hablaron del tema y con su yerno esquivó el tema. Cercana a la fecha del parto, Ana María —movida por sus influencias y algo de dinero como siempre—, mandó a Beatriz a Lecumberri con su chófer, con un regalo para Nuria. Se lo hicieron llegar el día del nacimiento de su hija. Un ropón de seda cruda —como los que pronto vendería como pan caliente en una nueva tienda de ropones y ropa para niños— para que la bautizaran en el penal, agua bendita en una botella de vidrio de leche, una Biblia pequeña con pastas blancas y una carta en un papel florentino que solo Nuria leyó. A Martín no le interesó leer la carta y tampoco puso demasiada atención cuando Nuria le mencionó que Ana María tenía pareja, un fabricante de telas, y que su nieta, la niña Gloria Miranda Felipe, había nombrado a dos de sus muñecos Martín y Nuria. Le agradecía por haber tratado bien a su nieta.

Eva Fernández Valencia nació después de 20 horas de parto en el quirófano del Palacio Negro a las 3:32 am, pesó 3.256 kilogramos, sana y completa, aunque Martín lo primero que hizo al cargarla fue contarle los dedos de las manos y los pies, pues su compañero de celda le había dicho que por la avanzada edad de su esposa —37 años ya

190

cumplidos— su bebé podía nacer incompleta. Tenía un par de horas de nacida, la cara hinchada y no había aún abierto los ojos cuando Martín le dijo a Nuria: «Se parece tanto a mi mamá.»

Esa noche Nuria durmió con Eva en el pecho. ¿Cómo? ¿Cómo era? ¿Cómo era posible? ¿Cómo era posible decir? ¿Cómo era posible decir esto? ¿Cómo era posible decir este esto? ¿Cómo era posible decir este esto de aquí? ¿Cómo era posible decir este esto de aquí, todo este esto de aquí? ¿Cómo decir todo esto visto? ¿Cómo decir todo esto sentido? ¿Cómo decir todo esto vivido? ¿Cómo decir todo esto de aquí? ¿Cómo decir todo esto? ¿Cómo decir todo? ¿Cómo decir? ¿Cómo decirlo? ¿Cómo?

«Las Nietas» se juntaron a redactar una carta dirigida al presidente Miguel Alemán y a la dirección del penal en la que solicitaban que retiraran la pena de su compañera Nuria Valencia Pérez para que pudiera ver crecer a su hija Eva Fernández Valencia fuera del penal. La carta se hizo pública. Comenzó otra polémica que llegó a Gloria Felipe, quien había estado deliberadamente alejada de la prensa. Gloria Felipe le llamó a Ana María Felipe, que fingió no saber nada al respecto. No me digas, ¿de verdad?, le decía por teléfono a su hija. Le pidió que le ayudara a averiguar a quién buscar en el Tribunal Superior de Justicia. Ayudó a su hija. Gloria Felipe presentó una carta solicitando que no le quitaran la pena a Nuria Valencia, pero consentía que le bajaran la pena por un crimen que no podía ni debía quedar impune.

Se dijeron palabras, palabras y más palabras. Viajaron las palabras como las olas hasta estallar en blancos, azules y brillos. Lamadrid ejerció presión, apuntaló el caso. El juez procesó el caso. Meses después, al ser aprobada la resolución —Martín estaría un año más, Nuria estaría cuatro años más en el penal—, unos meses después de que entregaron a su hija Eva a Gonzalo y Carmela, empezó a llover una tarde. Nuria tenía que cruzar el patio circular, no quería mojarse, cruzó corriendo para no mojarse tanto, pero la lluvia empezó a caer más fuerte y empezó a mojarse, a escurrir agua, y oler la lluvia, ese olor que le llegaba de las gotas gordas de la lluvia pesada cayendo contra el suelo, ese fuerte olor que se desprendía de su uniforme de manta con la lluvia —qué le va a entregar una lluvia a alguien—, ese fuerte olor a lluvia le hizo saber que estaba embarazada por segunda vez.

FIN

Ciudad de México, octubre de 2023

Agradecimientos

A Michel Lipkes. Gracias por hacer esta historia mejor y gracias, sobre todo, por hacer mi vida mejor. Respeto, admiración y amor.

A mi familia. A Diego mi hermano, a quien adoro y admiro. A mi papá. En especial a Gloria mi mamá, y la línea materna que me dio. A mi abuelo Gustavo (1926-2012) y mi abuela Gloria (1927-2009) y a mi muy chingona bisabuela Ana María (1906-1996), quienes me acompañan desde donde están.

A mis amigas y amigos, gracias por leer el manuscrito, por acompañarme en este proceso, por las conversaciones con ustedes. Este libro es gracias a: Gabriela Jauregui, Elena Fortes, Luis Felipe Fabre, Vera Félix, Catherine Laccy, Laura Gandolfi, Gabriel Kahan, Heather Cleary, Tania Pérez Córdova, Julieta Venegas, Camila de Iturbide, Tania Lili, Mariana Barrera, Valeria Luiselli, Elvira Liceaga, Fernando Gómez Candela, Lilyana Torres, Martina Spataro, Paula Amor, Marcos Castro, Karla Kaplun, Regina Serratos, Carlos Azar y Mauro Libertella. Gracias a Lourdes Valdés. A José Leandro Córdova Lucas (en esta novela un personaje toma prestado tu nombre como en la primera que escribí a los 23 años, así como hay una Leandra en *Brujas*) por nuestras caminatas, por las que nos faltan y porque hoy escribo aún con el apoyo y el amor que me diste. A mi admirada maestra medievalista Gloria Prado, quien durante la pandemia me recomendó poemas y lecturas para ayudarme a pensar el uso de la tercera persona.

Con el apoyo de la Borchard Foundation en Estados Unidos escribí esta novela, estoy especialmente agradecida con Michael Spurgeon. Estoy muy agradecida con todas y cada una de las conversaciones que he tenido con mis compañeros en el periódico *El País* sobre los temas que escribimos. Me gustaría agradecer en especial a Héctor Guerrero, Javier Lafuente, Sonia Corona y David Marcial Pérez. A Nayeli García, Fernanda Álvarez, Mayra González, las tres editoras en Alfaguara con quienes trabajé esta novela, y a Pedro Salamanca, por su lectura. A Carina Pons, Jorge Manzanilla, Laura Palomares, a todas y todos en la agencia Balcells. Es un lujo para mí trabajar con cada una y cada uno de ustedes. Gracias.

Soñar como sueñan los árboles de Brenda Lozano,
se terminó de imprimir en enero de 2024
en los talleres de
Litográfica Ingramex, S.A. de C.V.
Centeno 162-1, Col. Granjas Esmeralda, C.P. 09810
Ciudad de México.